숨겨진 우리소설 총서 1

김셩운젼

숨겨진 우리소설 총서 1

註解 박인희

머리말

현재 전하고 있는 고전소설이 858종에 달한다고 한다. 이 중 연구자의 시야에 들어온 작품은 몇 종이나 될까? 반이나 될까? 필사본과 목판본으로 전하고 있는 작품이 아닌 필사본으로만 전하고 있는 작품의 경우에는 그 수가 더 줄어들 것이다. 아마 많은 수의 필사본이 낙질 혹은 낙장되어 전하고 있다는 점과, 필사 상태에 따라 읽기 어려운 부분이 많은 점, 그리고 읽는 사람에 따라서 다르게 읽힐 여지가 다분한 점 등이 이러한 정황을 만들어낸 것이 아닐까 생각한다.

이러한 정황을 타개하기 위해 우선 해야 할 것이 무엇일까? 우리는 그것이 작품의 진면목을 소개하는 것이라고 생각한다. 그리고 그 작업을 홀로 하기보다는 여럿이 한데 힘을 합쳐서 할 때 더 이상적인 결과를 낳을 수 있을 것이다. 오독誤讀과 그에서 기인한 오해誤解를 최대한 방지할 수 있기 때문이다.

이번에 기획한 「숨겨진 우리 소설 총서」는 이러한 문제의식에서 출발하였다. 연구가 진행되지 않은 작품을 선정하여, 작품을 함께 읽고 토의하는 과정은 전적으로 이야기문학연구회의 정례모임을 통해 이뤄졌다. 따라서 각 책의 주해자는 모두의 노력을 모으는 집합자의 성격이 더 강하다고 하겠다.

이야기문학연구회는 국민대학교에서 인연을 맺은 고전문학 전공자들의 모임으로 조희웅 선생님을 중심으로 꾸려졌다. 이 모임을 통해 지금까지 수십여 편의 작품을 검토하였다. 선생님의 정년을 맞아서 이 중 우선 다섯 편을 간추려서 중간 성과로 내놓는다. 앞으로도 이 시리즈는 계속 될 것이다. 선생님과 이야기문학연구회의 인연이 그러하듯이.

2010. 2.

이야기문학연구회

본 총서는 다음을 원칙으로 하여 작업하였다.

1. 저본에 기록된 대로 입력하는 것을 원칙으로 하였다.
2. 저본의 쪽별로 구분하여 입력하였고, 쪽번호는 '1쪽'부터 시작하였다.
3. 쪽 구분은 빈 줄로 처리하였다.
4. 읽기 어려운 글자나 기타 사정으로 확인이 불가능한 글자의 경우 추측가능한 글자 수만큼 '□' 처리하였다.
5. 추측이 전혀 불가능한 경우나, 망실된 부분은 '□' 사이에 말줄임표로 표시하였다.
6. 오자(誤字)나 탈자(脫字), 오기(誤記)가 분명한 경우, 각주에 정자(正字) 표기를 밝혀 주었다.
7. 이해가 필요하다고 판단된 단어는 뜻풀이를 각주로 처리하였다.
8. 쉬운 단어의 경우 뜻풀이 없이 정자 표기만을 각주로 처리하였다.
9. 한자어의 경우 7.과 8.을 따르되 한자를 각주에 밝히었다.
10. 기타 설명이 필요하다고 판단될 경우 각주로 처리하였다.
11. '각설, 차설' 등으로 내용이 바뀔 경우에만 문단구분을 하였다.

12. 대사 부분은 " " 표시하여 별행 처리하였다.
13. 대사 부분과 8.의 경우를 제외하고 문단구분은 하지 않았다.
14. 대사 다음에 나오는 '하고' 등의 이어지는 말은 들여쓰기를 하지 않았다.
15. 대사 다음에 문장이 시작될 경우는 들여쓰기를 하였다.

작품해설

〈김성운전〉은 〈진성운전〉, 〈진장군전〉으로 널리 알려진 작품이다. 〈김성운전〉은 주인공 성운과 친구인 남수경, 유호원, 이학록 네 사람이 합력하여 국난을 극복하는 내용으로 이루어진 영웅소설이다. 〈김성운전〉은 주인공 김성운 못지않게 뛰어난 인물들이 많이 등장하는 점이 특징이며, 이 과정에서 인물들이 서로 결연하는 과정이 복잡하게 전개된다.

〈김성운전〉의 시작 부분은 성운의 아버지 김공필이 유리국 사신으로 가던 중 임 소저와 결연하는 내용으로 채워져 있다. 김공필은 임 소저의 딱한 사정을 도와주고 이로 인해 결국에는 임 소저와 결혼하여 성희, 성운 남매를 두게 된다.

〈김성운전〉의 본격적인 시작은 김공필이 간신 유경만의 모함을 받아 강남을 귀양을 가면서 비롯된다. 이때 형부시강 장선걸이 성희를 취하려 김공필의 집에 불을 지른다. 이때 성희와 성운은 이별하게 되는데, 성희는 장선걸의 집에 끌려갔다가 도망하고 성운은 아버지를 만나기 위해 길을 떠난다.

성운은 길을 가다 단성사에서 공부하던 남 도독의 아들 남수경을 만나 함께 공부하던 중 수경이 집에 간 사이 법당에서 유호원의 어머니를 만나 호원의 집으로 간다. 유경만으로 인해 오랑캐에게 잡혀 있던 호원의 아버지로 인해 둘은 의기투합하고, 호원의 누이 형옥과 약혼까지 한 후 아버지를 만나기 위해 강남으로 떠난다. 유배지에서 병석에 누운 아버지를 만나지만 이내 돌아가신 아버지를 장사지내고 꿈에 나타난 노인이 지시한 대로 남해로 가 도사를 만나 수학한다. 공부를 마친 성운은 광주(유호원의 집이 있는 곳)를 향하다가 남학산 도사에게 수학하던 학녹을 만나 함께 중원으로 출발한다. 주점에서 밤을 지내다 남해 영은사 선관이 보낸 말과 검을 받는다.

한편 성희는 장선걸의 집에서 도망하여 가다가 우연히 남수경의 집에서 기거하게 되고, 마침 집에 돌아온 수경으로부터 성운의 소식을 듣게 된다. 수경이 성운에게 편지를 하나 이때는 성운이 호원의 집으로 간 후라 연락이 끊긴다. 성희는 수경과 약혼을 하지만 유경만이 며느리를 삼으려 한다는 소식에 수경의 집을 떠난다. 길을 가던 중 성희는 호원과 형운을 보고 수경과 형운을 맺어주려 자신이 수경인 체하고 호원과 통성명을 한다. 호원이 집에 돌아와 수경(사실은 성희) 이야기를 하자 호원의 어머니가 수경의 집에 기별해 수경과 형운이 약혼을 한다. 성희는 부친의 유배지에 도착해 묘소를 찾아 제를 지내고 돌아오던 중 성운을 잡으려는 사람들에게 잡혀간다.

유경만은 성희가 남 도독 집에 있다 도망한 것을 알고 남 도독을 모함하여 죽게 하고, 남 도독에게 아들이 있음을 알고 다 잡아 죽이려 하였다. 수경의 어머니가 원통함을 이기지 못해 자결하자 수경 남매가 장사지내고 도망하다 여산 백낙암에 몸을 의지하였다. 또한 호원도 유경만으로 인해 어머니와 누이들과 야반도주하여 여산 백낙암에 머물게 되어 두 집안이 상봉하였다. 호원은 수경이 자신과의 만남을 기억을 못하는 것을 대수롭지 않게 여기고 함께 수학한다.

성운은 학녹과 중원을 향해 가다가 잡혀가던 누이 성희를 만나 구하여 종남산 암자에 맡기고 길을 떠나고, 백낙암에서 공부하던 호원과 수경도 중원으로 길을 떠난다. 마침 연나라가 군사를 일으켜 침범하니 유경만이 천자께 군사를 받아 나오나 이내 항복하여 황도로 쳐들어간다. 성운과 학녹이 군사를 모아 동관으로 피난 간 황제를 구하려 출병한다. 전란으로 피난민들에게 암자가 털리자 성희는 다시 길을 떠나고, 우연히 수경을 만나 목숨을 건진다. 수경은 호원과 더불어 위남을 쳐 성희를 머물게 하고 호원에게 성을 지키도록 시킨 후 동관으로 향한다.

동관에 도착한 성운은 위기에 빠진 천자를 구하고, 학녹도 도망하던 적군을 무찌른다. 천자가 성운과 학녹에게 벼슬을 제수하시고, 마침 적군을 무찌르고 적장을 베어 도착한 수경과도 해후한다. 이때 연왕이 다시 군사를 파견하자 호원이 이를 무찌르고자 군사를 이끌고 나가 대적한다. 성운은 학녹, 수경과 더불어 위남성에 들려 누이 성희를 만난다. 그날 밤 수경의 꿈에 호원이 죽을 지경에 당했을 보고, 성운과 수경이 함께 가서 구하고 원수 유경만을 잡아 죽어 원을 풀고 장안으로 들어온다. 그러나 동관에 계신 천자가 다시 위험에 빠짐을 알고 학녹이 가서 구하나 힘이 빠져 죽을 지경에 이르게 된다. 성운과 수경이 호원에게 장안을 지키라 하고 가서 천자와 학녹을 구한다. 그런데 적장이 녹림산에 피한 황후, 태자, 공주를 잡고 있음을 알고 네 사람이 함께 구출하고 난을 평정한다.

천자께서 성운을 초왕으로, 수경을 제왕으로, 호원을 조왕으로, 학녹을 위왕으로 봉하시고, 이후 흩어졌던 가족들이 모두 모이고 각각 결혼하여 자녀들을 낳고 행복하게 살게 되었다고 한다.

〈김성운전〉은 성운, 수경, 호원, 학녹 네 인물의 이야기는 대체로 자세히 전개되지만 악인의 등장과 죽음은 너무 간단하다. 특히 성운과 호원은 유경만과 직접적으로 대립관계에 있으며, 수경과는 성희로 인해 대립관계가 형성된다. 하지만 작품 속에서 유경만의 악행은 너무나도 간단하다. 성운의 아버지 공필을 모함하거나 호원의 아버지를 참소하야 연 나라로 사신을 보낸 것, 성희가 남 도독 집에 있었던 것을 알고 모함하여 수경의 부모를 죽게 만든 것, 연왕이 군사를 일으켰을 때 연왕에게 항복하여 천자를 배반한 것이 전부이다. 죽음도 마찬가지로 성운에게 변변한 대항 한 번 없이 잡혀

죽임을 당한다.

반면 네 인물의 만남과 헤어짐, 다시 만남, 그리고 장래의 배우자들과의 결연 과정은 매우 복잡하게 얽히고 설켜 있다. 인물들의 결연과정에서 주목할 만한 점은 성희가 수경인 체 하고 호원과 만나는 장면이다. 성희는 유경만이 자신을 며느리를 삼으려한다는 것을 알고 정혼한 수경을 두고 떠난다. 성희는 수경과 신물을 교환했음에도 수경과의 재회가 어렵다고 생각했는지 수경과 호원의 동생 형운을 맺어주려 자신이 수경인 체한다. 호원은 수경의 사람됨을 보고 어머니께 말해 결국 수경과 형운은 정혼을 하게 된다. 수경의 입장에서는 호원을 만난 적이 없기에 여산 백낙암에서 호원을 만났을 때, 호원이 만난 적이 있다고 하자 이상하게 여긴 것은 당연하다. 그런데 자신과 정혼한 남자를 위해 그 사람인 척하고 다른 여자와 결연할 수 있도록 한 것은 다른 고전소설 작품에서도 발견된다.

〈창선감의록〉을 보면 진채경은 윤여옥과 정혼한 사이였다. 그런데 조문화가 아버지 진 제독의 목숨을 빌미로 아들과의 결혼을 강요하였다. 진채경은 거짓으로 허락하고 남복을 한 채 몰래 빠져나와 만난 백경에게 자신을 윤여옥으로 소개하여 백경의 여동생과 정혼할 수 있도록 만든다. 이는 성희를 며느리 삼으려는 유경만으로 인해 수경을 집을 떠날 수밖에 없게 되자 수경을 위해 수연인 체하고 호원을 만나 호원의 누이 형운과 정혼할 수 있게 만든 것과 동일하다. 〈김(진)성운전〉은 현재까지 19세기에 지어진 것으로 추정되므로 이러한 설정은 17세기에 지어진 〈창선감의록〉의 설정을 가져온 것으로 보인다.

〈창선감의록〉의 장면을 떠올리게 하는 것은 또 하나있다. 수경과 성희가 정혼한 후에 성희와 남 소저가 바둑을 둘 때 남 소저의 권유로 수경이 성희와 바둑을 두게 된다. 수경이 거짓 잘못 두고 성희에게 물려달라고 하는데 물려달라고 하면 안 두겠다고 하자, 수경이 그만 둔 사람은 이긴 것이 아니므로 자신이 진 것이 아니라고 말하는 대목이 있다. 이 대목은

〈창선감의록〉에서 여옥이 채경과 바둑을 두다가 한 수 물려달라고 하며, 그만 둔 사람이 진 것이라고 채경에게 말하는 대목이 있다. 이는 수경과 성희가 바둑을 둘 때와 비슷하다. 다만 수경과 성희는 정혼을 한 상태였고, 여옥은 채경과 정혼하기 전이었다는 점에서 다르다. 그렇지만 〈김성운전〉에서 수경과 성희의 모습이 〈창선감의록〉의 여옥과 채경의 모습과 조금은 비슷해 보인다.

〈김성운전〉을 읽다 보면 〈창선감의록〉 말고도 또 다른 유명한 소설을 떠올리게 하는 장면이 하나 더 있다. 성운이 적장 증황달과 접전할 때 포의 갈건으로 바꾸어 입고 증황달에게 가 도사인 척하고 계책을 하나 알려준다. 그것은 배를 한데 묶어 공격하라는 것이다. 그런데 이는 성운이 증황달을 화공하기 위한 속임수였다. 이 장면은 〈삼국지〉의 적벽대전에서 방통이 조조에게 수전에 약한 위군을 위해 배를 한데 묶어 공격하라고 한 것을 떠올릴 수 있다. 조조는 방통의 말대로 배를 한데 묶어 공격하는데 갑자기 분 동남풍으로 인해 화공에 걸려 전멸하고 만다. 〈김성운전〉에서도 마찬가지로 증황달은 성운의 계략인 줄도 모르고 배를 한데 묶어 공격하다가 화공에 걸려 패하고 도망하게 된다. 성운의 계략은 곧 방통의 그것과 다를 바가 없다.

〈김성운전〉에서 다른 작품의 모습을 발견할 수 있다고 해서 〈김성운전〉을 폄하할 것만은 아니다. 고전소설에서는 수용과 변개의 모습을 흔히 찾아볼 수 있기 때문이다. 설화가 바탕이 되어 소설이 되고, 소설의 일부에서 설화의 모습이 발견되기도 한다. 그러므로 〈김성운전〉에서 다른 소설을 연상시키는 장면이 나온다고 문제가 된다고 보기는 어렵다. 마찬가지로 고전소설의 서사구조가 대부분 영웅의 일생이라는 구조를 갖고 해서, 고전소설이 모두 동일한 내용을 갖는 것은 아니다. 그러므로 〈김성운전〉에서 발견되는 다른 작품의 모습은 오히려 고전소설이 서로 수용하고 변개하는 것을 보여주는 증거로 볼 만한다.

〈김성운전〉의 특징은 등장인물이 많다는 점이다. 남자 등장인물로는 김성운, 남수경, 유호원, 이학녹이 있으며, 여자 등장인물로는 성희와 남 소저, 윤 소저 자매가 있다. 악인으로는 유경만, 장선걸이 있고, 적장으로 공손걸, 굴돌경, 증황달, 월성덕 등이 있다. 이 외에도 조력자로 남해 도사와 남학산 도사도 있다. 또한 성운과 성희가 태어나는데 나름대로 중요한 역할을 하는 어머니 임 부인의 외조부인 남해 경능도 영은사의 선관 손 태부와 아버지 김공필이 유리국에서 만난 도사, 동해 화산 선녀궁에서 만난 임 부인의 어머니 등도 있다.

이 중에서 특이할 만한 인물로 호원과 학녹을 들 수 있다. 호원과 학녹은 성운을 대신해서 전장에서 죽을 위험을 겪는다. 호원은 위남에서 성희와 있다가 연왕이 추가 파병한 군사를 맞아 싸우러 갔다가 죽을 지경에 빠지는데 이때 성운과 학녹, 수경은 동관에 있는 천자를 구하러 갔을 때였다. 학녹은 성운과 수경이 호원을 구하러 갔을 때 동관에 계신 천자가 위험에 빠지자 구하러 갔다가 죽을 위험에 빠진다. 호원은 학녹은 성운과 수경이 옴으로써 위험에서 벗어날 수 있었다. 〈김성운전〉이 여타의 영웅소설에서처럼 김성운 한 명에게만 모든 임무가 부여됐더라면 김성운은 두 번이나 죽을 위험에 빠진 셈이다. 하지만 호원과 학녹이 있었기에 주인공은 영웅적 면모에 손상됨이 없이 오히려 영웅의 면모를 더 보여줄 수 있었다. 또한 호원과 학녹의 존재는 고전소설에서 흔히 발견되는 구성상의 허점을 극복할 수 있게 만들어 준다. 호원과 학녹이 없었다면 성운 혼자서 두 곳의 위험을 동시에 극복해야 하는 논리적 모순에 빠졌을 것이다. 하지만 호원과 학녹이 있어서 둘이 위험을 막을 동안 성운은 돌아올 시간을 벌 수 있었다. 호원과 학녹은 성운이나 수경보다 못한 것이 아니라 성운의 영웅됨을 더 부각시키기 위한 인물로 보아야 할 것이다.

〈김성운전〉은 그간 연구의 대상이 된 적이 드물어, 이본 연구 한 편(전용문, 「〈진성운전〉의 이본에 대하여」, 『고소설연구』 5, 고소설학회, 1998.)만이 있을 뿐이다. 하지만 작품에 여러 인물이 등장하고 인물간의 관계가 복잡하며, 다른 고전소설의 모습을 엿볼 수 있다는 점 등을 볼 때, 다른 소설들과의 연관성을 살펴볼 필요가 있다고 보인다. 특히 영웅소설이나, 가문소설, 가정소설 등과의 상관성이나 고전소설사적 위치를 다룰 필요성이 있다고 보인다.

1쪽

되명[1] 신종[2]죠 쩍의 흔 스람이 잇스되 승[3]은 김이요, 명은 공필이라. 일즉 문장으로 츤명[4]하여 소년등과[5]하여 벼살이 예부상셔의 이르드니, 형세[6] 요부[7]하고 가벌[8]이 혁혁[9]하여 부귀을 겸젼[10]하엿스나, 자손이 번승치 못하여 되되로 양즈[11]흐여 나려오드니, 공필이 일즉 무즈할가 염여흐여 소년시졀부틈 남의게 적션하기을 일삼드니, 이십 세의 다다러믹 왕의 명을 밧자와 유리국 스신을 갈시 힝장[12]을 츠려 여러 달만 봉명 싸의 다다르니 쥬막이 읍는지라. 일모[13]의 할 일 업셔 그 건너 슈삼 촌낙으로 향하여 흔 집을 무러 드러가니 밤이 임의 삼경[14]이라. 즈연이 잠을 이루지 못하여 침불안셕[15]의 젼젼반측[16]터니 문득 드르니 동편의셔 흔 쳐량흔 우룸 소릭

※ 『(羅孫本) 筆寫本古小說資料叢書』(保景文化社, 1991) 3권에 수록된 것을 저본으로 하였다.

1) 대명(大明) : 중국의 역대 왕조(1368~1644)의 하나. 주원장(朱元璋)이 원나라를 몰아내고 세움.
2) 신종(信宗) : 중국 명나라 14대 만력제(萬曆帝)를 말함. 재위 1572~1620.
3) 성(姓). 『김성운전』에서는 현대어에서 'ㅓ'로 써야 할 것을 'ㅡ'로 쓴 것을 많이 발견할 수 있다. 이를 염두에 두고 읽기를 바란다.
4) 천명(擅名) : 이름을 드날림.
5) 소년등과(少年登科) : 어린 나이에 과거에 급제함.
6) 형세(形勢) : 살림살이의 형편.
7) 요부(饒富) : 살림이 넉넉함.
8) 가벌(家閥) : 한 집안의 사회적 지위.
9) 혁혁(奕奕) : 매우 크고 아름다워 성(盛)함.
10) 겸전(兼全) : 여러 가지를 완전하게 갖춤.
11) 양자(養子) : 아들이 없는 집에서 대를 잇기 위해 동성동본 중에서 데려다 기르는 아이.
12) 행장(行裝) : 여행할 때 사용하는 물건과 차림.
13) 일모(日暮) : 날이 저묾.
14) 삼경(三更) : 밤 열한 시부터 새벽 한 시 사이.
15) 침불안석(寢不安席) : 걱정이 많아서 잠을 편히 자지 못함.
16) 전전반측(輾轉反側) : 몸을 뒤척이며 잠을 이루지 못함.

간졀이나거날 이윽키 듯다가 마암이 불안ᄒᆞ여 마지못ᄒᆡ셔 쥬인을 불너 무러 왈,

"져 우룸 소ᄅᆡ는 엇드한 일노 슬피 우ᄂᆞᆫ고?"

쥬인 할미 고왈[17],

"그런건 아러 쓸 ᄃᆡ 업실 듯하오나, ᄯᅩ한 손님이 먼져 무르시니 그 연유을 말삼하오리다."

ᄒᆞ고,

"그 슬

2쪽

피 우ᄂᆞᆫ 이는 이 마을의 임 진ᄉᆞ의 여ᄌᆞ[18]러니 임 진ᄉᆞ가 공ᄎᆡ[19] 오쳔 양을 ᄂᆡ여쓰고 갑지 못하엿드니 관가의셔 임 진ᄉᆞ을 ᄌᆞ바다가 긔한을 증하고[20] 돈을 밧치라 하며, 만일 긔한 젼의 밧치지 못하면 쥭이리라 하니 임 진ᄉᆞ의 ᄯᆞᆯ이 홀노 탄식하되, '요ᄂᆡ 팔ᄌᆞ 긔박하야 어미을 일코 시비[21]의게 의지하여 이ᄯᅢ가지 ᄉᆞ러낫스니 그 망극한 은혜을 몸이 쥭도록 갑허도 오히려 못할 거시오, ᄯᅩᄒᆞᆫ 동ᄉᆡᆼ 하나도 업셔 부친을 살일[22] ᄉᆞ람 업스니 날가튼 일기 여ᄌᆞ로셔 엇지 살기을 바라리요. 아비을 살이지 못하것다.' 하고 인하여 말을 하되 '아모[23]라도 돈 오쳔 양만 쥬고 ᄂᆡ의 일신[24]을 ᄉᆞ가면 우리 부친을 살일이어니와 만일 그러치 안이하면 우리 부친을 살니지 못하것다.' 하니

---

17) 고왈(告曰) : 알리어 말함.
18) '딸'을 일컫는 말.
19) 공채(公債) : 공공기관에 진 빚.
20) 정(定)하고.
21) 시비(侍婢) : 곁에서 시중을 드는 계집종.
22) 살릴.
23) '아무'의 옛말.
24) 일신(一身) : 자기 한 몸.

그 근쳐의 누만금 가진 상고[25]가 잇스되 임 진ᄉᆞ의 ᄯᆞᆯ이 용모절식[26]이란 말을 듯고 쳡을 삼고ᄌᆞ 하여 ᄉᆞ람을 보ᄂᆡ여 돈 오쳔 양을 쥬고 사서 쳡을 삼을 ᄯᅳᆺ스로 통기[27]하니 그 츠ᄌᆞ 즉시 허락하고 아모날 돈 가지고 와셔 다려가라 하엿드니 그날이 멀지 안이한지라. 그 츠ᄌᆞ가 아비 살이기도 죠커이와 ᄂᆡ 나이 십칠 세 되도록 침규[28]의 잇셔 양반의 가법[29]으로 일신을 진즁[30]이 가지고 지ᄂᆡ다가 지금 일신을 바리고 상고의 쳡이 되게 되니 절통코 한심한지라. 그런

3쪽

고로 밤이 집도록 슬품을 참지 못ᄒᆞ야 져ᄃᆡ지 우ᄂᆞᆫ이다."
하거날 그 말을 드르ᄆᆡ 친근하고 가긍[31]한 마암이 흉즁[32]이 ᄉᆞ못치ᄂᆞᆫ지라. 아모 말도 아니하고 이윽키 안졋다가 쥬인이 잠들거날 의관을 슈습하고 문을 열고 나가보니 밤이 ᄉᆞᆷ경이라. 동편 담을 너머 츠ᄌᆞ[33] 잇ᄂᆞᆫ 곳을 당도하니 우름 쇼ᄅᆡ ᄭᅳᆫ치고 촉불만 빗치난지라. 가만이 ᄌᆞ최 읍시 문 압희 드러가 문 틈으로 셔셔보니 ᄉᆞ벽이 젹쇠[34]ᄒᆞ고 등화ᄂᆞᆫ 경경[35]할 ᄯᆡ 그 츠ᄌᆞ 서안[36]을 비겨 안저 ᄒᆞᆫ숨만 무슈이 쉬난지라. 문을 열고 드러가며 왈,

25) 상고(商賈) : 장사치.
26) 용모절색(容貌絶色) : 얼굴이 빼어나게 아름다운 여자.
27) 통기(通寄) : 기별을 보내어 알게 함.
28) 침규(針閨) : 바느질 하는 방. 즉 아녀자의 방을 이르는 말.
29) 가법(家法) : 한 집안의 법도나 규율.
30) 진중(珍重) : 아주 소중히 여김.
31) 가긍(可矜) : 불쌍하고 가여움.
32) 흉중(胸中) : 가슴 속.
33) 처자(處子) : 처녀.
34) 적쇄(寂灑) : 고요하고 깨끗함.
35) 경경(耿耿) : 불빛이 약하게 환함.
36) 서안(書案) : 책상.

“져 ᄎᆞᄌᆞᄂᆞᆫ 엇지한 ᄉᆞ단[37]으로 져ᄃᆡ지 근심하난잇가? 놀ᄂᆡ지 말으시고 말솜을 ᄌᆞ셔이 하옵소서.”

ᄒᆞᆫᄃᆡ 그 ᄎᆞᄌᆞ가 이윽히 보다가 쥰졀[38]이 일너 왈,

“용모을 보아도 범상한 ᄉᆞ름은 안잇 듯하거든 엇지 이런 힝지[39]을 하ᄂᆞᆫ고? 나는 팔ᄌᆞ 긔박하여 죽을 날이 머지 안이하나 ᄂᆡ 심즁의 싸인 근심은 타인의 알 바 안이라. 어ᄃᆡ ᄉᆞᄂᆞᆫ지 아지 못하거니와 이갓치 근심하ᄂᆞᆫ ᄉᆞ름으로 하여금 말을 ᄒᆡ치 말고 속히 나가옵소셔.”

ᄒᆞ거날 그 말을 드르니 언ᄉᆞ[40]ᄂᆞᆫ 유슌하고 용모지졀[41]하여 진실노 ᄉᆞᄃᆡ부가지힝신[42]이요 ᄉᆞᆼ고놈의 집으로 팔여 가기ᄂᆞᆫ 과연 원통할너라. 그 ᄎᆞᄌᆞ다려 일너 왈,

“나ᄂᆞᆫ 본ᄃᆡ 황도인[43]으로셔 유리국 ᄉᆞ신 가는 길일넌니 이곳의 잠간 슉소을

4쪽

증ᄒᆞ고 밤을 지ᄂᆡ압더니 야심인젹[44]하 ᄯᆡᄋᆡ 엇더ᄒᆞᆫ 우룸 소ᄅᆡ 쳐량이 들이거날 마암의 고이하여 쥬인을 불너 무른즉 쥬인이 그 연유를 다 말하기로 드르니 세상의 ᄃᆡ장부가 되어 그 가련하고 울젹 마암이 나ᄂᆞᆫ지라. 밤이 집기를 기다리여 죵젹을 감초오고 드러왓사오니 부정[45]한 ᄉᆞ름으로 알지 말고 죠금도 놀ᄂᆡ지 마옵소셔. ᄂᆡ의 ᄒᆡᆼ장의 ᄌᆡ물이 만치 안이하여도 만

---

37) 사단(事端) : 사고나 탈. ‘사달’의 잘못.
38) 준절(峻截) : 매우 위엄이 있고 정중함.
39) 행지(行止) : 행동거지.
40) 언사(言辭) : 말이나 말씨.
41) 용모지절(容貌至絶) : 사람의 얼굴 모양이 더없이 아름다움.
42) 사대부가지행신(士大夫家之行身) : 사대부가 집안 사람으로서의 행동.
43) 황도인(皇都人) : 황제가 살고 있는 도시 사람. 즉 서울 사람.
44) 야심인적(夜深人跡) : 문맥 상 ‘밤이 깊고 인적이 드문’의 뜻.
45) 부정(不正) : 올바르지 아니하거나 옳지 못함.

양46) 장만할 거선 되오니 오쳔 양은 빗슬 갑고, 오쳔 양은 가산47)의 부쳐두고 부친을 효셩으로 봉양하고, 나문 ᄌᆡ물은 가직 다른 가문의 구혼하여 ᄎᆡ혼범절48)채의 쓰옵소셔. 나는 이 길노 가면 다시 만나보기 긔필49)치 못하오리다."

하며 심히 가긍이 여기거날, 그 ᄎᆞᄌᆞ 이 말을 듯고 ᄋᆡ연이 놀ᄂᆡ여 이로ᄃᆡ,

"날 갓튼 일긔 여ᄌᆞ를 ᄋᆡ석이 여기ᄉᆞ 만여 양 ᄌᆡ물을 구졔하려ᄒᆞ시니 은혜 망극한지라. 지극히 황공하압거니와 존호50)를 아라지이다."

한ᄃᆡ 그 말을 듯고 이윽히 ᄉᆡᆼ각하다가 지필 ᄂᆡ여 승명51)을 젹어 쥬고 즉시 나오니라. 날이 발기를 기다리여 하인을 불너 은 서 ᄃᆡ와 산호ᄎᆡ관52) 세 ᄀᆡ을 쥬며 왈,

"급히 쓸 ᄃᆡ 잇스니 속히 파라 드리라."

ᄒᆞᆫᄃᆡ ᄒᆞ인이 즉시 가지고 나가 만 양을 바다왓거날 즉시 ᄒᆞ령53)하여 임 진ᄉᆞᄃᆡᆨ으로 ᄎᆞᄌᆞ 드리라 하니 하인이 돈 만 양을

5쪽

가지고 임 진ᄉᆞᄃᆡᆨ의 드리니 임 소졔 돈을 바다 공ᄎᆡ 오쳔 양을 갑흐니 임 진ᄉᆞ 즉시 나와 그 쌀다려 무러 왈,

"웃지ᄒᆞᆫ 돈 오쳔 양을 구하여 갑헛나야?"

하니 임 소졔가 젼후ᄉᆞ54)을 말하거날 임 진ᄉᆞ가 그 말을 듯고 못ᄂᆡ 칭찬

46) 냥(兩) : 엽전을 세던 단위. 한 돈의 열 배.

47) 가산(家産) : 한 집안의 재산.

48) 치혼범절(致婚凡節) : 혼례를 치르는 절차나 질서.

49) 기필(期必) : 꼭 이루어지기를 기약함.

50) 존호(尊號) : 남의 이름을 높여 부르는 말.

51) 성명(姓名).

52) 산호채관(珊瑚彩冠) : 산호로 장식한 모자. 채

53) 하령(下令) : 명령을 내림.

54) 전후사(前後事) : 앞뒷일.

하며,

"읏지하면 다시 만날고?"

ᄒᆞ더라. 잇ᄯᅢ의 김공필이 여러 달만의 바다을 다다러 ᄇᆡ를 타고 슈일[55]을 힝하다가 바다 가온ᄃᆡ 큰 ᄉᆞᆷ[56]의다 ᄇᆡ를 ᄆᆡ고 밤을 ᄉᆡ우던니, 이날 밤의 바다 구름이 긋치고 달빗치 명낭하거날 밤이 깁도록 잠을 이루지 못하여 ᄇᆡ머리에 올나 인져[57] ᄒᆡ쳔[58]을 바라보니, 이윽하여 명낭한 바람이 동남으로 이러오며 물결이 고요하더니 난ᄃᆡ읍난 일엽편쥬[59]가 ᄶᅥ 드러오거날, 슈상이 여겨 의관을 증졔[60]하고 ᄇᆡ머리에셔 기다리던이 그 ᄇᆡ가 슌시간에 이르거날, 자세이 살펴보니 ᄒᆞᆫ 노인이 학창의[61]을 입고 유건[62]을 쓰고 옥호[63]을 들고 단여장[64]을 ᄇᆡ머리의 노코 드러오거날 ᄇᆡ에 나려가 졀하고 문왈,

"어ᄃᆡ 계신 선관[65]이관ᄃᆡ 속ᄀᆡᆨ[66]이 머문ᄂᆞᆫ 곳의 욕되게 하림[67]하시난잇가?"

그 노인 왈,

"나ᄂᆞᆫ 본ᄃᆡ 영능 ᄶᅡ의 ᄉᆞᄂᆞᆫ 손 ᄐᆡ부[68]라 하ᄂᆞᆫ ᄉᆞᄅᆞᆷ으로 영능 임 진ᄉᆞ의

---

55) 수일(數日) : 여러날.
56) 섬.
57) '안져(앉아)'의 오기.
58) 해천(海天) : 바다 위의 하늘.
59) 일엽편주(一葉片舟) : 한 척의 작은 배.
60) 정제(整齊) : 정돈하여 가지런히 함.
61) 학창의(鶴氅衣) : 소매가 넓고 뒤 솔기가 갈라진 흰옷의 가를 검은 천으로 넓게 된 웃옷.
62) 유건(儒巾) : 검은 베로 만든 유생의 예관
63) 옥호(玉壺) : 옥으로 만든 작은 병.
64) 단여장(短藜杖) : 명아줏대로 만든 짧은 지팡이.
65) 선관(仙官) : 신선.
66) 속객(俗客) : 속세에서 온 손님. 즉 일반 사람.
67) 하림(下臨) : 인간 세상으로 내려옴.
68) 태부(太傅) : 원로 대신에게 주는 명예직의 하나.

장인일너니, 젼싱의 젹선하기로 죽은 후 옥황[69]의게 명을 바다 남히 직히는 선관

6쪽

이 되어 지금 남히 영능도[70] 영은ᄉ의 잇더니, 슈일 젼의 풍편[71]의 드르니 그ᄃ가 이번의 오시다가 영능 촌ᄉ[72]의셔 ᄂ의 외손녀을 만이[73] 지물노 구하엿다하니 그 은혜 엇지 다 층양[74]하리요. 그 은혜을 만분지일[75]이나 갑흐려 하고 왓다."

하고 소ᄆ로셔 일봉셔간[76]을 ᄂ여 쥬며 왈,

"유리국으로 드러갓다 오난 길의 히즁[77]의 표풍[78]을 만나 선경[79]을 드러나 선여[80]의게 득죄하여 죽을 지경되거든 이 편지을 올이면 살이라."

하고 문득 간ᄃ읍더라. 그 편지을 바다가지고 ᄇ을 씌워 슈쳔 리를 드러가 유리국 도화셩 밋히 유할식 맛참 유리국 ㅁㅁ을 만나 도젹의게 잡피여 갈식 하인과 힝장을 다 일코 도젹을 ᄶ러가다가 도덕다려 문왈,

"나을 다려다가 무어세 스랴는야?"

한ᄃ 도젹이 ᄃ왈

69) 옥황(玉皇) : 옥황상제(玉皇上帝).
70) 이후에는 모두 '경능도'라 되어 있음.
71) 풍편(風便) : 바람결.
72) 촌사(村舍) : 시골 마을에 있는 집.
73) 많은.
74) 측량(測量) : 생각하여 헤아림.
75) 만분지일(萬分之一) : 아주 작음을 이르는 말.
76) 일봉서간(一封書簡) : 봉투에 넣어서 봉한 한 통의 편지.
77) 해중(海中) : 바다 가운데.
78) 표풍(飄風) : 회오리 바람.
79) 선경(仙境) : 신선이 산다는 곳.
80) 선녀(仙女).

"져러ᄒᆞᆫ ᄉᆞ름을 자바다가 슴 즁의 가두엇다가 양식이 다하면 자바머그리라."

ᄒᆞ거날 그 말을 듯고 슬피 우니 그 도젹이 이윽히 ᄉᆡᆼ각하다가 다시 문왈,

"그ᄃᆡ가 이번의 올 ᄯᅢ의 남ᄒᆡ 경능도 영은ᄉᆞ의 잇ᄂᆞᆫ 션관 보왓느야?"

하거날 그 ᄉᆞ연을 드르니 고리ᄒᆞᆫ 쥴 알고 젼후ᄉᆞ세[81]와 그 선관 만나본 말을 다하니 그 도젹이 놀ᄂᆡ여 왈,

"작야[82] 몽즁[83]의 영은ᄉᆞ 션관이 ᄂᆡ게 부탁하되 '즁국 ᄉᆞ신 김공필이

7쪽

오거던 부ᄃᆡ 잇지 말고 연단환 두 ᄀᆡ만 쥬어 보ᄂᆡ라.' 하더니 과연 이 ᄉᆞ람이 김공필이라."

하고 인하여 약 두 ᄀᆡ를 쥬며 왈,

"이 약 일홈은 연단화승환이니 포틔[84] 못하는 부인이 한 ᄀᆡ을 가라먹으면 즉시 ᄉᆡᆼ산할 거시오, ᄯᅩ ᄒᆞᆫ ᄀᆡ 먹으면 ᄉᆡᆼ산하려이와 그 아ᄒᆡ ᄌᆡ질[85]과 총명이 세상의 ᄲᅦ여나고 그러나 슈명[86]이 길지 못하리라."

ᄒᆞ고 가로ᄃᆡ,

"이 약은 유리국 소산이라 다른 나라의ᄂᆞᆫ 구하여도 업슬 거시오. 유리국의도 ᄉᆞ름마다 이 약을 알지 못하옵고 이 약 아난 이ᄂᆞᆫ 나 하나 ᄲᅮᆫ이라. 이 약을 가지고 부ᄃᆡ 허되이 업시지 말고 긴졍[87]이 쓰압소셔. 나는 유리국 용문산 도ᄉᆞ옵드니 세상시변[88]을 구경하려 하고 나왓다가 드러가ᄂᆞᆫ 길의

---

81) 전후사세(前後事勢) : 처음부터 지금까지 일이 되어가는 형세.
82) 작야(昨夜) : 지난 밤.
83) 몽중(夢中) : 꿈속.
84) 포태(胞胎) : 임신.
85) 재질(才質) : 재주와 기질.
86) 수명(壽命) : 목숨.
87) 긴정(緊正) : 꼭 필요할 때 바르게.

그듸을 만낫시나 닉 다시 만나기 어려울 거시니 부듸 평안이 가옵소셔.” 하고 간듸업더라. 그졔야 도ᄉᆞ 쥴 알고 마암의 희안이 여겨 약을 집히 간슈하고 여러 날 힝하여 유리국 님군을 야좋의 ᄎᆞᄌᆞ보고 ᄒᆞ인과 힝장을 일코 홀노 만 니[89] 길을 도로 오기 어려울 쥴 쥬달[90]한듸 유리국 왕이 하인과 힝장을 ᄎᆞ려쥬거날 즉시 하직 회졍[91]하여 여러 달만의 빅가의 다다러 편쥬[92]을 타고 나오니 난듸읍는 표풍이 이러나며 만 리 창히 즁의 빅가 살갓치 써가드니 한 곳의 가

8쪽

빅 듸이거날 어인 쥴 모로고 ᄉᆞ변[93]을 둘너보니 힉즁의 놉흔 산이 잇난지라. 그 산 형세을 살펴보니 층암졀벽은 공즁의 쇼쇼잇고 창숑녹쥭[94]은 의의낙낙[95]하고 긔화향쵸[96]는 츈풍의 피여 잇고 즌원은 쥬야 슬피 운다. 빅를 나려 그 산으로 올나가니 산세가 련ᄒᆞ여[97] 졀기[98] 졀승[99]하고 진짓 션경일너라. 문득 풍편의 드르니 층암졀벽 우의셔 ᄉᆞ람 소릭 나거날, 수상이 여겨 층암졀벽이로 ᄎᆞᄌᆞ 올나가서 ᄒᆞᆫ 곳세 올나가니 듸문이 잇거날, ᄌᆞ셔이 살펴보니 그 문의 황금듸ᄌᆞ로 식엿시되 빅운문[100]이라 하여더라. 그 문을

---

88) 세상시변(世上時變) : 세상의 변화.
89) 리(里).
90) 주달(奏達) : 임금에게 아룀.
91) 회정(回程) : 돌아오는 길에 오름. 또는 그런 길이나 과정.
92) 편주(片舟) : 작은 배.
93) 사변(四邊) : 주위 또는 근처.
94) 창송녹죽(蒼松綠竹) : 푸른 소나무와 푸른 대나무.
95) 의의낙락(依依落落) : 풀이 무성하여 싱싱하게 푸르며 가지가 축축 늘어져 있음.
96) 기화향초(奇花香草) : 기이한 꽃과 향기 나는 풀.
97) 연(連)하여 : 연이어서.
98) '경개(景槪)'의 오기인 듯하다. 경개 : 경치.
99) 절승(絶勝) : 경치가 비할 데 없이 빼어나게 좋음. 또는 그 경치를 이르는 말.
100) 백운문(白雲門).

드러가니 경ᄀᆡ[101] 더옥 절승ᄒᆞᆫ 가온ᄃᆡ 조흔 집이 잇거날, 또 ᄌᆞ셰이 살펴보니 그 집의 션판[102]을 다랏스되 황금젼[103]이라 하엿더라. 그 집을 지ᄂᆡ노코 드러가니, 또 ᄒᆞᆫ 집이 잇스되 선판의 ᄇᆡᆨ운정[104]이라 ᄉᆡ기고 그 정ᄌᆞ 안의셔 바독 노코 소ᄅᆡ 나거날 구경하리라 ᄒᆞ고 바독 두ᄂᆞᆫ 곳슬 ᄎᆞᄌᆞ가니, 그 정ᄌᆞ 뒤의 완월누[105]라 하ᄂᆞᆫ 누가 잇거날, 구[106] 루에 올나가 보니 부인 십여 인이 다 각기 화관[107]을 쓰고 선명ᄒᆞᆫ 의복을 입고 서로 바독을 두다가 ᄉᆞ름 오ᄂᆞᆫ 걸 보고 놀ᄂᆡ여 이로ᄃᆡ,

"엇더ᄒᆞᆫ 속ᄀᆡᆨ이 부인 안진 좌셕 임의로 드러오니 죄ᄉᆞ무셕[108]이라. 그 ᄉᆞ름을 그져 두지 못하것

9쪽

다."

하고 시비을 불너 자바ᄂᆡ라 하니 시비 십여 인이 달여들어 ᄌᆞ바ᄂᆡ거날 그졔야 ᄉᆡᆼ각하되,

'영은ᄉᆞ 선관의 말이 증이 맛치ᄂᆞᆫ도다.'

하고 인하여 알외되,

"속ᄀᆡᆨ이 엇지 션경을 알이요만언 남ᄒᆡ 경능도 영은ᄉᆞ 선관의 편지을 가지고 왓난이다."

ᄒᆞ고 그 편지을 올이니 그 즁의 ᄒᆞᆫ 부인이 그 말을 듯고 경황실ᄉᆡᆨ[109]하여

---

101) 경개(景槪) : 경치.
102) '현판(懸板)'의 오기인 듯하다. 현판 : 문 위, 처마 아래 글을 새겨 달아놓는 널빤지.
103) 황금전(黃金殿).
104) 백운정(白雲亭).
105) 완월루(玩月樓).
106) 그.
107) 화관(花冠) : 아름답게 장식한 관.
108) 죄사무석(罪死無惜) : 죄가 무거워서 죽어도 안타깝지 아니함.

편지을 바다본 후의 무슈이 스러하던이[110] 시비을 불너 왈,

"그 손님을 황금젼으로 뫼시라."

하거날 시비을 짜라 황금젼으로 나오니 그 집 모양은 천ᄒᆞ의 졔일일너라. 황금젼의 안졋드니 그 부인이 여러 부인이을 다리고 젼각의 나오거날 마암의 황홀하여 부인게 엿ᄌᆞ오ᄃᆡ,

"나는 본ᄃᆡ 진세[111] ᄉᆞ름으로 남녀유별하오니 부인 게신ᄃᆡ 잇지 못하것나이다."

한ᄃᆡ 그 부인이 우셔 왈,

"이곳션 빈쥬지례[112]만 차릴 곳시요 남녀지별[113] 업ᄂᆞᆫ지라. 염여 마옵소셔."

하고 여러 부인을 다리고 드러와 예로 보인 후의 세상의셔 보지 못ᄒᆞᆫ 엄식[114]과 실과[115]을 ᄂᆡ여 쥰 후의 일너 왈,

"손님이 오실 ᄯᅴ의 누만 리 ᄒᆡ로[116]의 편지을 가지고 오시노라고 근렴[117]하신가 시부오니[118] 일변[119] 반갑고 무안하여이다."

쏘 부인 왈,

"나는 본ᄃᆡ 영능 짜의 임 진ᄉᆞ의 안ᄒᆡ[120]옵드니 다만 쌀 하나을 두고 쥭은 후에

---

109) 경황실색(驚惶失色) : 놀라서 얼굴색이 달라짐.
110) 슬퍼하더니.
111) 진세(塵世) : 인간들이 사는 세상.
112) 빈주지례(賓主之禮) : 손님과 주인 사이에 지켜야 할 예의.
113) 남녀지별(男女之別) : 남자와 여자가 마주 대하는 것을 구별하는 예법.
114) 음식.
115) 실과(實果) : 과일.
116) 해로(海路) : 바닷길. 배로 다니는 길.
117) 근념(勤念) : 마음을 써서 돌보아 줌.
118) 싶으오니.
119) 일변(一邊) : 어느 한편.
120) 아내.

10쪽

우리 부치[121]게압셔 닉 일즉 죽음을 원통이 여기여 황제[122]게 쥬달하시니, 상졔게압셔 측은이 여기ᄉᆞ 날노 하여금 동히 화산 ㅁㅁㅁ(선녀궁)으로 보닉라 하시기로 여긔 와 잇슨 졔 오릭오나, 부친 소식도 못 듯고 긔별도 못 들어 항상 탄식하더니 의외에 부친의 편지을 보오니, 손님이 오시다가 도ᄉᆞ[123]에 들어가 닉 쌀을 만 양 직물노 구하셧다 하오니 빅골이 되여도 잇지[124] 못하것나이다. 그 은혜을 만분의 일이나 갑기를 바라리요. 손님의 평싱 소원이 무어시온잇가?"

한딕 김공필이 딕왈,

"닉 집이 본딕 ᄌᆞ손이 귀하야 항상 염여가 무ᄌᆞ식할가 하오니 닉 나히 이십이라. 청츈의 이 말슴이 극히 붓그르오나 언히[125] 말삼 말으시고 ᄌᆞ식이나 두게 ᄒᆞ옵소서."

ᄒᆞᆫ딕 부인이 우셔 왈,

"읏지 인간의 ᄌᆞ식 두고 못두기를 임으로 하리요."

하고 이윽히 싱각다가 왈,

"진실노 ᄌᆞ식을 두려하면 유리국 녹문산[126]의 잇는 도ᄉᆞ의 약을 어더야 ᄌᆞ식을 둘 거시오날 그 약을 어들 묘리[127] 업ᄉᆞ오니 엇지 할고?"

하거날 그 말을 듯고 다시 엿ᄌᆞ오딕,

"영은ᄉᆞ 선관의 부탁으로

121) 부친.
122) 옥황상제(玉皇上帝).
123) 도사(徒事) : 헛일. 즉 자신과 관계없는 일.
124) 잊지.
125) 언희(言戲) : 희롱하는 말. 장난으로 하는 말.
126) 앞에는 '용문산'으로 되어 있음.
127) 묘리(妙理) : 묘한 이치.

11쪽

녹문산 선관의 약을 어더왓사오니 그 약을 먹고 싱남[128]하면 그 아희가 수명이 길지 못하다 ᄒᆞ오니 그 거시 염여로소이다."

한ᄃᆡ 그 부인이 질노하여[129] 왈,

"그러할진ᄃᆡ 수명 길게 할 약은 ᄂᆡ게 잇ᄉᆞ오니 염여 마옵소셔."

ᄒᆞ고 힝담[130]을 열고 약 두 ᄀᆡ을 ᄂᆡ여쥬며 왈,

"이 약 일홈은 서산장명환이니 이 약과 녹문ᄉᆞᆫ 도ᄉᆞ 주던 약과 ᄒᆞᆫᄃᆡ 갈어 먹으면 ᄌᆞ식을 나서 슈명이 길이다."

하고 또 다시다시 부탁하여 왈,

"ᄂᆡ의 ᄯᆞᆯ이 용열[131]하오나 족히 군ᄌᆞ[132]을 섬길만 하오니 그ᄃᆡᄂᆞᆫ 임의 장가 들어다고 조금도 식양 말고 이번 길의 도라가시다가 임 진ᄉᆞ 집의 ᄎᆞ져 드러가면 아즉 증혼[133] 안이하고 그ᄃᆡ을 고ᄃᆡ[134]할 거시니 ᄂᆡ ᄯᆞᆯ을 그져 바리고 가지 마옵소셔."

인하여 또 편지 ᄒᆞᆫ 장을 써쥬며 왈,

"편지을 여식[135]의게 젼하라."

하고 또 분(粉) ᄒᆞᆫ 통을 ᄂᆡ여 쥬며 왈,

"편지을 여식을 쥬어도 올케 듯지 안이할 거시니 이 분 ᄒᆞᆫ 통을 쥬면 션경 표젹[136]이 젹실[137]ᄒᆞ오니 응당 드르리라."

---

128) 생남(生男) : 아들을 낳음. 즉 아이를 낳음.
129) 기뻐하여.
130) 행담(行擔) : 길 가는 데에 가지고 다니는 작은 상자.
131) 용렬(庸劣) : 사람이 변변치 못하고 졸렬함.
132) 군자(君子) : 행실이 점잖고 어질며 덕과 학식이 높은 사람. 여기서는 상대편을 이르는 말.
133) 정혼(定婚) : 혼인을 정함.
134) 고대(苦待) : 몹시 기다림.
135) 여식(女息) : 딸.
136) 표적(表迹) : 겉으로 드러난 자취.

하고 또 가로ᄃᆡ,

"임 진ᄉᆞ의게 편지을 할 거시로ᄃᆡ 지금 ᄉᆞᆫ속[138]이 다른지라. 상졔게 득죄할가 염여ᄒᆞ여 못하나아디."

ᄒᆞ고 그 ᄯᆞᆯ을 ᄉᆡᆼ각하여 낙구[139]하며 누차 당부 왈,

"이번 길의 ᄂᆡ ᄯᆞᆯ을 바리

12쪽

고 가면 장ᄂᆡ 향복[140]하기 어렵ᄉᆞ오리라."

하고 슬푼 마암으로 유체종힝[141]하거날 여러 부인들이 위로ᄒᆞ고 젼후ᄉᆞ긔을 다 듯고 못ᄂᆡ 층찬하드라. 겻헤 잇ᄂᆞᆫ 부인이 왈,

"진세 속ᄀᆡᆨ으로 션경의 오ᄅᆡ 머므지 못할 거시니 슈히[142] 가기를 바라나이다."

그 부인이 시비을 불너 ᄒᆡ즁 귀신을 다 자바다가 문 박긔 ᄉᆞᆯ이라 하니 발서 자바다가 ᄉᆞᆯ이거날 쥬인이 즁당의 좌긔[143]하시고 분부하되,

"세상 속ᄀᆡᆨ이 오셧다 나가시려 하시니 슈만 리 ᄃᆡ히을 보ᄂᆡ기 염여무궁한지라. 너의게 분부하나니 몹실 악풍[144]을 읍시ᄒᆞ여 세상 손님을 속히 근ᄂᆡ게[145] 하여라. 만일 그러치 안이하면 일즉 즁죄을 당하리라."

ᄒᆞᆫᄃᆡ 귀졸들이 ᄃᆡ답하고 나가니라. 잇ᄯᆡ 김공필이 인하여 하직하고 나올시

---

137) 적실(的實) : 틀림없이 확실함.

138) 선속(仙俗) : 선계와 속계.

139) '낙루(落淚)'의 오기. 낙루 : 눈물을 흘림.

140) 향복(享福) : 복을 누림.

141) 유체종횡(流涕縱橫) : 눈물을 마구 쏟음.

142) 속히.

143) 좌기(坐起) : 관아의 으뜸 벼슬을 하던 이가 출근하여 일을 시작함. 여기서는 '자리를 잡고 앉아'의 의미.

144) 악풍(惡風) : 모진 바람.

145) 건너게.

부인이 무슈이 슬어하며 이로ᄃᆡ,

"이번 써ᄂᆞᆫ 오면 다시 만나기 어렵도다. 셥셥하기 거지 업고 휼휼[146]하기 측양 읍시니 누만 리 수로의 조심하여 부ᄃᆡ 평안이 가옵소셔. 쏘 ᄂᆡ의 부탁한 말은 명심불망[147]하라."

하고 쏘 실과을 ᄂᆡ여쥬며 왈,

"즁노[148]의 가다가 ᄇᆡ 곱흐거든 요긔하라."

하니 그 실과을 바다가지고 여러 부인게 하직 물너나와 편주의 오르니 셥셥한 마암

13쪽

이 비할ᄃᆡ 읍더라. ᄇᆡ을 ᄒᆡ즁의 씌여 올ᄉᆡ 모진 바람이 읍고 일긔 온화하여 ᄇᆡ 가기 화살갓더라. 즁간의 오다가 ᄇᆡ가 곱푸거날 그 실과을 먹으니 정신이 쇄락[149]하여 인간 음식과 달으더라. 여러 날만의 바다을 건너 영능 쌍으로 ᄒᆡᆼ하더라.

가설[150]이라. 임 진ᄉᆞ 쌀이 그 부친을 살인[151] 후ᄋᆡ 김공필을 ᄉᆡᆼ각하여 다시 못만날가 쥬야로 탄식하고 다른 ᄃᆡ 즁혼할 마암이 읍더니 그 ᄉᆞᆼ고놈이 그 ᄎᆞᄌᆞ을 사랴하다가 쓧ᄃᆡ로 안이 됨을 분히 역여 영능 관가의 돈을 만이 밧치고 임 진ᄉᆞ의 여ᄌᆞ의게 장가들 쓰시로 송ᄉᆞ[152]를 한ᄃᆡ 영능 ᄐᆡ슈 ᄌᆡ물을 탐하여 임 진ᄉᆞ을 즉시 불너 혼인을 권하거날 진ᄉᆞ 듯지 안이한ᄃᆡ ᄐᆡ슈 분을 ᄂᆡ여 진ᄉᆞ을 슈옥[153]하고 날마다 형장[154]으로 다ᄉᆞ리니 죵시[155] 허락

146) 휼휼(恤恤) : 근심스러움.
147) 명심불망(銘心不忘) : 마음에 새기어 잊지 아니함.
148) 중로(中路) : 가는 길.
149) 쇄락(灑落) : 기분이나 몸이 상쾌하고 깨끗함.
150) '각설(各說)'의 오기.
151) 살린.
152) 송사(訟事) : 소송(訴訟). 재판을 걸음.

지 안이하고 옥의셔 쥭게 되엇난지라. 임 쇼져 규즁의 안져 김공필을 싱각하고 그 부친을 옥즁의셔 쥭게 됨얼 쥬야로 한탄하고 셰월을 보닉드니 그 상고놈이 졔 마암의 싱각하되,

'임 진스는 일가 읍난지라. 잇써을 당히셔 인마[156]을 ᄎ려가지고 야슴경의 그 ᄎᄌ을 억지로 다려오난

14쪽

거시 올타.'

하고 즉시 인마을 차려가지고 야심 삼경의 임 진스 집에 가니 인젹 고요ᄒᆞᆫ 지라. 게집 등을 드러보닉여 억지로 붓드러 닉거날 임 소졔 싱각하되 강약이 부동[157] 하릴읍시 시비 하나를 다리고 나와 교ᄌ[158]을 타고 ᄉᆼ고의 집으로 가니 그 놈이 ᄎᄌ 옴을 반겨하여 정쇄[159]ᄒᆞᆫ 집의 안치고 조흔 음식을 무수이 드린 후의 상고놈이 임 소져 잇는 방의 드러와 안거날 임 소져 안식을 불변하고 일너 왈,

"일이[160] 만남도 ᄯᅩᄒᆞᆫ 천싱연분이라. 염여 말고 나가 잇다가 조흔 날 가리여 우리 두리 연침[161]하여야 조흘들 ᄒᆞ오니 그리 ᄒᆞ옵소셔."

그 놈이 듯다가 길거운[162] 마암을 이긔지 못하여 그리ᄒᆞᄌ 허락하고 나

---

153) 수옥(囚獄) : 옥에 가둠.
154) 형장(刑杖) : 죄인을 심문할 때 쓰던 몽둥이.
155) 종시(終是) : 끝내.
156) 인마(人馬) : 사람과 말. 곧 시중 들 사람과 보시고 볼 수 있는 말.
157) 강약(強弱)이 부동(不同) : 둘 사이의 힘이나 역량이 한편은 강하고 한편은 약하여 상대가 되지 않음.
158) 교자(轎子) : 가마.
159) 정쇄(精灑) : 매우 맑고 깨끗함.
160) 이리. 이렇게.
161) 연침(連枕) : 남녀가 잠자리를 같이함.
162) 즐거운.

가며 ᄉᆡᆼ각ᄒᆞ되 그 ᄎᆞᄌᆞ는 본ᄃᆡ 양반의 ᄌᆞ식이라. 국양[163]이 다르고 졀기가 잇스니 혹 도망하며, 혹 ᄌᆞ결할가 의심하여 게집 등을 드리와 직키니 임소져 아모리 마암의 ᄌᆞ결코ᄌᆞ 하나 무가ᄂᆡ[164]하라. 홀노 ᄉᆡᆼ각하되,

'수직[165]하ᄂᆞᆫ 게집이 잠을 들거든 ᄌᆞ결하리라.'

하고 잠 들기를 기다리더라.

각설 잇ᄯᆡ의 김공필이 바다를 근너 영능 향할ᄉᆡ 각읍의 젼령ᄒᆞ

15쪽

기를 번거[166]하다 하고 만 리 길을 보힝으로 오다가 임 진ᄉᆞ 집을 못밋쳐셔 져무ᄂᆞᆫ지라. 촌ᄉᆞ의 ᄎᆞ져 드러가드니 밤이 깁흔 후의 쥬인이 박그로 드러오며 우연탄식 왈,

"세상의 한심하고 가련한 일도 만트라."

하거날 그 말을 듯고 쥬인다려 그 연유을 무른ᄃᆡ 쥬인이 답왈,

"세상의 이런 일이 쏘 어ᄃᆡ 잇실잇가."

임 진[167] 가친 ᄉᆞ연과 임 소졔 잡혀온 ᄉᆞ연을 ᄌᆞ셔이 말하거날 그 말을 듯고 ᄃᆡ경실ᄉᆡᆨ하여 다시 문왈,

"그 상고놈의 집이 어ᄃᆡ 잇ᄂᆞᆫ야?"

쥬인 왈,

"이웃집이로소이다."

하거날 그 말을 듯고 밤 깁기을 기다려 쥬인이 잠이 들거날 그졔야 상고놈의 집을 ᄎᆞᄌᆞ가니 문이 구지 닷쳣고 장원[168]이 놉흔지라. 죽기로 심을 써셔

---

163) 국량(局量) : 일을 헤아리고 처리하는 힘.
164) 무가내(無可奈) : 어찌 할 수가 없음. 막무가내(莫無可奈).
165) 수직(守直) : 건물이나 물건 따위를 맡아서 지킴.
166) 번거 : 조용하지 못하고 자리가 어수선함.
167) '사'자가 빠졌다.
168) 장원(牆垣) : 담.

담을 너머간즉 인젹이 고요ᄒᆞᆫᄃᆡ 인하여 임 소져 잇ᄂᆞᆫ 방을 찻드니 한 곳에 촉불이 빗츠거날 불 잇난 곳을 ᄎᆞ져가니 정쇄한 방의 불이 빗치고 인젹이 읍ᄂᆞᆫ지라. 그 박긔셔 문 틈으로 엿보드니 슈직하ᄂᆞᆫ 계집들은 잠이 깁히 들고 임 쇼져ᄂᆞᆫ 다리고 온 시비로 더부러 등불을 발키고 안졋거날 그졔야 문을 가만이 열고 들어가니 쇼져와 시비 더옥 놀ᄂᆡᄂᆞᆫ지라.

16쪽

급히 쇼져을 붓들고 이로ᄃᆡ,

"놀ᄂᆡ지 마옵소셔. 나는 유리국 ᄉᆞ신 갓든 김공필이로소니다."

ᄒᆞᆫᄃᆡ 소져 황망[169] 즁 자서이 살펴보니 과연 김공필이가 분명한지라. 소ᄆᆡ을 잡고 눈물을 흘여 일오ᄃᆡ,

"엇잔 일인지 아러지이다."

그 말을 드르니 비회[170]을 금치 못하나 황황급급[171]한지라. 엇지 졍회[172]을 다 말하리요. 인하여 손을 잡고 시비을 다리고 함ᄀᆡ 도망하여 임 진ᄉᆞ 집을 ᄎᆞᄌᆞ가니 늘근 노복[173]이 밤이 ᄉᆡ도록 울다가 소져 도라옴을 보고 경동실ᄉᆡᆨ하여 무슈이 반가하더라. 인하여 소져의 거쳐ᄒᆞ든 방으로 함ᄀᆡ 드려가셔 젼후 고상ᄒᆞ든 말을 설화하드니 김공필이 한 번 우스며 갈오ᄃᆡ,

"모친 ᄉᆡᆼ각하ᄂᆞᆫ 마암이 분명 간졀하올 거시다. 그ᄃᆡ 모친 소식을 알고ᄌᆞ ᄒᆞᄂᆞᆫ잇가?"

소져 ᄉᆡᆼ각하되 필경 희롱하ᄂᆞᆫ 말인가 하고 ᄃᆡ왈,

"황천[174]의 가신 졔 인의 오린지리. ᄋᆞᆺ지 모친 소식 듯기를 바라리요."

---

169) 황망(慌忙) : 마음이 몹시 급하여 당황함.
170) 비회(悲懷) : 마음 속에 서린 슬픔이나 회포.
171) 황황급급(遑遑急急) : 매우 황급함.
172) 정회(情懷) : 정과 회포를 아울러 이르는 말.
173) 노복(奴僕) : 사내종.
174) 황천(黃泉) : 저승.

ᄒᆞᄃᆡ 공필이 왈,

"ᄂᆡ 말이 희롱하ᄂᆞᆫ 말이 아니로소이다."

힝장을 여러 편지을 ᄂᆡ여 주며 보라ᄒᆞ니 쇼져 편지을 바다보니 피봉[175]의 썻시되 '여ᄌᆞ게 붓치노라' 하여거날 피봉을 볼 정신이 아득하여 급히 편지

17쪽

을 ᄯᅥ여보니 하여시되,

'슬푸다. ᄂᆡ 한 번 영결[176]한 졔 육 년이라. 소식이 막막하여 어ᄂᆡ 날 어ᄂᆡ ᄯᅢ나 이즐손야. 모녀간 정회을 옥황계셔 감동하ᄉᆞ 천만몽외[177]에 인편[178]을 빌이시ᄆᆡ 창망 즁 두어 ᄌᆞ로 ᄃᆡ강 그리ᄂᆞᆫ 정회만 젹어 붓치노라. 편지을 헛말노 알지 말고 날 본다시 자세이 보아라. 나는 너을 이별하고 구천(九泉)의 도라가니 너의 외조부계압셔 상졔게 쥬달하여 ᄂᆡ 일신이 죠ᄉᆞ[179]함을 원통이 여기ᄉᆞ 동히 션녀궁으로 보ᄂᆡ시ᄆᆡ 지금은 화산 션녀궁의 와 잇노라. 인간의 소식이 젹죠[180]ᄒᆞᆫ지라. 너을 ᄉᆡᆼ각하여 슬푼 마암 측양 업다. 육 년간의 너의 부친 모시고 무량[181]이 지ᄂᆡ난야? 젼ᄉᆡᆼ 일을 ᄉᆡᆼ각 ᄒᆞᆼ즁이 ᄆᆡᆨ키도다. ᄂᆡ가 세상의 잇실 ᄯᅢ의 나를 일시도 ᄯᅥ나지 안트니 어미을 한번 이별하고 보고십허 어이 사ᄂᆞᆫ야? 가련하다, 너의 일이야. 삼 년만 더 살어스면 너를 키워 성혼하고 인간ᄌᆞ미을 볼 거신ᄃᆡ ᄂᆡ의 목심 이달도다[182]. 인간

---

175) 피봉(皮封) : 겉봉.
176) 영결(永訣) : 죽은 사람과 산 사람이 영원히 헤어짐.
177) 천만몽외(千萬夢外) : 천만 뜻밖에.
178) 인편(人便) : 오거나 가는 사람의 편.
179) 조사(早死) : 일찍 죽음.
180) 적조(積阻) : 서로 연락이 끊겨 오랫동안 소식이 막힘.
181) 무양(無恙) : 몸에 병이나 탈이 없음.
182) '애달도다(애닯도다)'의 오기이다.

사람 되얏다가 혈육이라 하는 거시 너 하나 쌘이로라. 쳔고영결되엿시니 너의 얼골 다시 볼가. 가련토다, 네 일이야. 오작키야 슬울손야.

18쪽

나을 보랴 하지 말고 편지나 두고 보아라. 너의 부친게도 망연이[183] 편지 할 거시나 선속이 다른지라. 상제게 득죄할가 염여되여 못하오니 섭섭하기 그지 업다. 너의 부친게 이러훈 말이나 알외여라. 풍편의 드르니 황도인 김공필 유리국 수신갈 씩 만양지직[184]로 너의 부친 죽을 씩에 닉게 드러왓거날 그 수룹을 잠간 보니 군주로다. 세상의 흔치 안이훈 수룹이라. 심즁[185]의 귀이 여겨 너의 일신을 부탁하오니 다른 딕로 증혼치 말고 쏫츠가셔 부딕 죠심하여 셤기여라. 할 말 무궁하나 춍망[186] 즁 딕강 적어니 셥셥이 알지 말고 보아라. 이 편지 보닌 후는 쇼식이 영졀[187]이라. 부딕 일신을 안보하여 김공필을 싸라가셔 슨도[188]로 셤기라.'
하얏거날 쇼져 그 편지을 보기을 다하믹 앙셩통곡[189]하거날 노복이 붓드르 드러와 위로하니 정신을 가다듬어 편지을 두세 번 다시 보며 눈물을 무슈이 흘니드라. 김공필이 또 힝장을 열고 분 훈 통을 닉여쥬며 왈,

"이거슨 그딕 모친이 션경 표적이라 하고 쥬드라."

그 분을 바다가지고 더옥 슬피 통곡하다가 그 분을 얼골의 바르니 얼골이

183) '당연이(당연히)'의 오기이다.
184) 만냥지재(萬兩之財) : 만 냥이 되는 재물.
185) 심중(心中) : 마음속.
186) 총망(悤忙) : 매우 바쁘고 급함.
187) 영절(永絶) : 소식이나 관계, 생명 따위가 영원히 끊어져 아주 없어짐.
188) 선도(善道) : 착하고 올바른 도리.
189) '앙천통곡(仰天痛哭)'의 오기이다. 앙천통곡 : 하늘을 쳐다보며 몹시 욺.

19쪽

더옥 황홀ᄒᆞ여 인간 씨는 분과 쾌이 다르드라. 고이 역여 그 분통을 살펴보니 문ᄶᆞ가 잇스되 무진표라 하엿거날 고이 여겨 그 분을 다 쓰고 다듯다가[190] 다시 열고 보니 분통 안의 분이 가득ᄒᆞᆫ지라. 그졔야 그 분이 다시 읍는 보빅인 쥴 알고 션경 표젹이 젹실한지라. 공필이 외당[191]의 나가 그 골 틱슈의 편지 써 보닉니, 틱슈가 그 편지을 보고 딕경하여 즉시 임 진ᄉᆞ을 방송[192]하고 상고놈을 ᄌᆞ바 쥭이고 즉시 나와 뵈이거날, 공필이 틱슈을 쥰결이 ᄉᆔ지져 보닉고, 임 진ᄉᆞ을 보고 젼후ᄉᆞ을 다 셜화하니[193] 진ᄉᆞ 그 말을 듯고 악슈통곡[194]하더라. 인하여 틱일하여 혼례을 이루고 황도로 올나가셔 쳔ᄌᆞ게 뵈압고 션경의 드러갓든 일과 오다가 장가든 ᄉᆞ연을 낫낫치 고하니, 쳔ᄌᆞ 드르시고 못닉 층찬하시고 즉시 하령하여 영능 틱슈을 파직원천[195]하라 하시고 임 부인을 위하야 졍열부인을 나리시다. 공필 즉시 본틱[196]으로 드러와 ᄉᆞ당의 ᄉᆞ빅하고 침실의 드러와 초취부인[197] 니 씨다려 오다가 장가든 ᄉᆞ연을 말한딕 니 씨 부인이 본딕 마암이 어질지 못하여 그 말을 듯고 투긔[198]할

20쪽

마암을 이긔지 못하여 그 날 밤의 ᄌᆞ결하여 쥭은지라. 쵸상[199]을 예로 치루

---

190) 닫었다가.
191) 외당(外堂) : 사랑(舍廊). 바깥주인이 거처하며 손님을 접대하는 곳.
192) 방송(放送) : 죄인을 감옥에서 나가도록 풀어주던 일.
193) 설화(說話)하니 : 말하니.
194) 악수통곡(握手痛哭) : 손을 마주 잡고 슬피 욺.
195) 파직원천(罷職遠遷) : 벼슬에서 물러나가 하여 멀리 내쫓음.
196) 본댁.
197) 초취부인(初娶夫人) : 첫 번째 장가가서 맞은 아내.
198) 투기(妬忌) : 질투.
199) 초상(初喪) : 사람이 죽어서 장사지낼 때까지의 일.

고 션산 하의 장스훈 후에 즉시 임 부인을 신힝[200]하여 부부지예로 셔로 디졉하고 화락하여 지닉니, 세월이 여류하여 공필의 나이 삼십이 되도록 일졈혈육 두지 못하여 셔로 근심하다가 문득 싱각하고 유리국 녹문산 도스가 쥬든 약이나 먹여 보리라 ᄒᆞ고, 그 약을 닉여노코 화션산 가셔 으든 약과 한딕 가라 먹인딕 그달부텀 과여[201] 틱긔 잇셔 십 삭만의 여즈을 나어니 용모 비범하고 세상 스람과 다른 듯하더라. 일홈을 셩희라 하고 심히 사랑하더니, 이 연만 쏘 약을 먹이니 과연 틱긔 잇셔 십 삭만의 남즈을 나으니 일홈을 셩운이라 하고 지닉더니, 즘즘 자라나믹 신통하미 ᄒᆞᆫ 쌍 구실이 방즁[202]의셔 노난 듯하드라. 셩희와 셩운이 열닉 살, 열여셧 살의 글을 가라치니 직죠 과인[203]하여 시셔빅가[204]을 무불통탈[205]하고 박혈셔표등절도 당할 스람이 업스며, 부모의 효심과 형졔의 우익와 친쳑의 화목과 인리향당[206]의 인의[207]을 겸젼하여 노셩[208]ᄒᆞᆫ 스람 갓튼지라. 보는 이마다

21쪽

뉘 안이 충찬하 리 읍더라. 얼골이 즘즘 볼솔록[209] 긔묘쥰슈 즁의 션경의셔 가져온 분으로 날마다 단장하니 그 용모 더옥 긔묘하여 보난 스람마다 일느기을,

'그 아희 남믹는 쳔ᄒᆞ의 졀식이요, 만고의 졔일이라.'

---

200) 신행(新行) : 혼일할 때에 신랑이 신부 집으로 가거나 신부가 신랑 집을 감.
201) '과연'의 오기이다.
202) 방중(房中) : 방 가운데.
203) 과인(過人) : 능력, 재주 따위가 보통 사람보다 뛰어남.
204) 시서백가(詩書百家) : 『시경(詩經)』, 『서경(書經)』과 제자백가의 책.
205) 무불통달(無不通達) : 무슨 일이든지 모르는 것이 없음.
206) 인리향당(隣里鄕黨) : 이웃 동네의 여러 사람.
207) 인의(隣誼) : 이웃 사이의 정의(情誼).
208) 노성(老成) : 나이에 비해 어른 티가 남.
209) '볼수록'의 오기이다.

하더라. 셩희ᄂᆞᆫ 나이 십육 세요, 셩운은 십ᄉᆞ 세라. 천ᄌᆞ게압셔 공필을 불으ᄉᆞ 예부상셔을 ᄇᆡ하시니 몸이 벼살의 ᄆᆡ인 바 되어 ᄌᆞ식 남ᄆᆡ을 두고 보지 못하여 항상 한탄하든 차의 임 부인이 졸연[210] 득병하여 하릴읍시 죽기에 당한지라. 임 부인이 아들 남ᄆᆡ을 불너 손을 잡고 낙누 왈,

"ᄂᆡ 팔ᄌᆞ 불길하여 모친을 일즉 이별하고 혈혈단신으로 어미을 그려 평ᄉᆡᆼ 철천지ᄒᆞᆫ[211]이 되엿더니 지금 ᄯᅩ 너의 남ᄆᆡ을 세상의 부쳐두고 하나도 셩혼하ᄂᆞᆫ 모양을 보지 못하고 할일업시 죽게 되니 하날도 무정하고 귀신도 야속하다. ᄂᆡ가 평ᄉᆡᆼ의 적악[212]한 일이 잇던가, 천지간 무삼 죄로 이갓치 ᄉᆡᆼ겻난고? ᄂᆡ 몸의 여악[213]이 미진하여 너의게ᄭᅡ지 밋쳐가니 세상 천ᄒᆞ 이갓치 한숨한 일이 ᄯᅩ 어ᄃᆡ 잇시리요. 너의 남ᄆᆡ을 져갓치 바려두고 구천의

22쪽

도라간들 엇지 눈을 감을손야? 나 죽은 후라도 이미[214] 업다 말고 조금도 한탄 말고 남ᄆᆡ 셔로 의지하여 부친을 효셩으로 셤기다가 셩혼ᄒᆞᆫ 후의라도 ᄂᆡ 말을 잇지 말고 너의 남ᄆᆡ 우ᄋᆡ을 조곰도 변친[215] 말고 각별 죠심하여 지ᄂᆡ여라. 일신이 황천의 도라가니 적막한 쳔ᄃᆡ[216]하의 혼ᄇᆡᆨ이 일시라도 오려니와 너의 남ᄆᆡ을 귀이 되기 바라노라."

ᄯᅩ 상셔을 불너 겻ᄒᆡ 안치고 간절이 일너 왈,

"쳡이 신명[217]이 불민[218]하야 군ᄌᆞ의 몸이 맛도록 셤기지 못하고 일즉

---

210) 졸연(猝然) : 갑작스럽게.
211) 철천지한(徹天之恨) : 하늘에 사무치는 크나큰 원한.
212) 적악(積惡) : 남에게 악한 짓을 많이 함.
213) 여악(餘惡) : 착한 일을 함으로써 풀지 못하고 남아있는 악.
214) 어미, 어머니.
215) '변치'의 오기이다.
216) 천대(泉臺) : 저승.
217) 신명(身命) : 몸과 목숨.
218) 불민(不憫) : 사정이 가엾고 딱함.

죽ᄉᆞ오니 쳡의 불민한 죄악이오나 군ᄌᆞ의 ㅁ경으로 ᄌᆞ식 남ᄆᆡ을 밋ᄉᆞ오니[219] 나 죽은 후의 바라건ᄃᆡ 일즉 셩혼하야 영화을 ᄭᅳᆫ치지 마옵소셔." 하고 인하여 세상을 이별하니 셩희, 셩운이 셔로 안고 궁글며 통곡혼절하니 쳔지가 무ᄉᆡᆨ하고 일월이 무광[220]하더라. ᄋᆡ통하ᄂᆞᆫ 모양은 차마 보지 못할너라. 상셔 ᄯᅩᄒᆞᆫ 셩희 남ᄆᆡ 우ᄂᆞᆫ 모양을 보고 무슈이 ᄃᆡ셩통곡하더라. 그러구러 삼 삭[221]만의 안장하고 셩희 남ᄆᆡ 지극한 정셩으로 삼년상을 ᄋᆡ통으로 지ᄂᆡ다가 삼 년이 다 못하여 나라의 덕ᄉᆡ[222]ᄒᆞᆫ 유경만이라 하ᄂᆞᆫ 신하가 잇시되 본ᄃᆡ 간신[223]으로

23쪽

벼살이 일품[224]이로 권세가 읏듬이라. 역젹의 ᄯᅳᆺ슬 두고 국가을 횡힝[225]하나 김 상셔을 시긔ᄒᆞ더니 본ᄃᆡ 사혐[226]이 잇ᄂᆞᆫ지라. 쳔ᄌᆞ게 참소[227]하여 ᄉᆞ은으로 김공필을 모희[228]하여 쳔ᄌᆞ ᄃᆡ쇼[229]하ᄉᆞ 즉시 하령하야 김공필을 강남으로 졍비[230]하시니 ᄉᆞ자가 김공필의 집의 와셔 젹쇼[231]로 가기을 ᄌᆡ촉하니 상셔 ᄃᆡ경하야 ᄉᆞ자다려 왈,

---

219) '맺었사오니'로 '낳았사오니'의 의미이다.
220) 무광(無光) : 빛이나 광택이 없음. 여기서는 빛을 잃음.
221) 삭(朔) : 개월.
222) 득세(得勢) : 세력을 얻음.
223) 간신(奸臣) : 간사한 신하.
224) 일품(一品) : 문무관 품계의 첫째. 종일품과 정일품이 있음.
225) 횡행(橫行) : 제멋대로 행동함.
226) 사혐(私嫌) : 개인적으로 시기하고 꺼려함.
227) 참소(讒訴) : 남을 헐뜯어서 죄가 있는 것처럼 윗사람에게 고함.
228) 모해(謀害) : 꾀를 써서 남을 해침.
229) '대로(大怒)'의 오기.
230) 정배(定配) : 죄인을 지방이나 섬으로 보내 정해진 기간 동안 그 지역 내에서 감시를 받으며 생활하게 하던 형벌.
231) 적소(謫所) : 귀양지.

"무슨 연고야?"

한듸, 〈즈 듸왈,

"틔위 유경만이가 천즈게 쥬달하엿나이다."

하거날 김 상셔 탄왈,

"유경만 무삼 일고? 날과 혐의 잇나? 그갓치 참쇼하여 망케하는고? 필경의 졔가 앙화[232]가 밋치리라."

하고 힝장을 차려 강남길을 써날식 셩희 남믹을 싱각하니 가삼이 막히여 안으로 드러가 셩운 남믹을 붓드러 안치고 낙누하여 왈,

"가운[233]이 불힝하여 너의 모친이 일즉 죽고 밋쳐 삼 년을 못지닉셔 또 닉가 슈쳔 리 박긔 강남으로 축신[234]이 되여가니 너의는 뉘을 의지하여 살기을 바라리요. 이제 한번 이별하면 다시 언의[235] 씩 도라와 너의을 보리요. 보기난 기필치 못하거이와 너의 남믹을 오날 열결[236]인 듯하오니 부듸 죠심하여 무사이 잇거라."

하고 졍신이 아득하여 다시 말도 못하고

24쪽

업더지는지라. 셩운 남믹 쏘흔 그 말을 듯고 망극하든 차의 부친이 긔졀하는 양을 보고 더옥 가삼의 무어지는 듯, 하날이 나려와 누르는 듯, 쌍의 업더지며 졍신을 추리지 못하거날 시비와 노복 등이 구하여 겨오 졍신을 차려 셔로 붓들고 방셩통곡[237]하는 양은 차마 못볼너라. 야속하다 〈즈는 길을 직촉하는지라. 할일업셔 길을 써나갈식 눈물노 하직하직하고[238] 가니

---

232) 앙화(殃禍) : 지은 죄의 앙갚음으로 받는 재앙.

233) 가운(家運) : 집안의 운수.

234) 축신(逐臣) : 쫓겨 귀양 간 신하.

235) 어느.

236) '영결(永訣)'의 오기이다.

237) 방성통곡(放聲痛哭) : 큰 소리로 몹시 슬프게 욺.

셩운 남미 복지통곡 왈,

"부친은 져의 남미을 누게다 부탁하시고 가시난잇가? 아반님 한가지 가옵쇼셔."

하며 왈,

"아반님은 슈쳔 리 강남을 무사이 가옵소서. 오날 가셔 닉일 오시랴잇가. 아고, 아고, 이 일을 엇지 할고, 아반님, 아반님, 부딕, 부딕 속히 도라옵소서."

이갓치 통곡하니 산쳔초목이 다 슬어하고 일월이 무광하고 좌우의 모든 ᄉ람이 안이 울 이 업더라. 상셔 ᄌ식 남미을 이별하고 강남 젹쇼의 이르러 쳔 리 타향의 무정한 세월을 눈물로 보닉드라. 셩운 남미 부친을 젼별[239]하여 가신 후의 모친 빈쇼의 드러가 무슈이 통곡하다가 셩희가 동싱 셩운을 붓들고 더욱 통곡하며 일너 왈,

"셩운아, 셩운아, 울지 말아, 울지 말아.

25쪽

너의 팔ᄌ나 닉의 팔ᄌ나 세상의 박복한 인싱이라. 모친 이별한 후 천만몽외에 망극지통[240]을 당하옵고 혈혈단신 우리 남미 누구을 의탁[241]하여 가산을 보존하며 모친 괴연을 모시고 엇지 잔명을 보존할고? 익고 빅쳔만사[242]가 촌심[243]이 근심이라. 이 일을 엇지 하잔말고. 셩운아, 셩운아. 우지 말고 천금 갓튼 너의 몸을 아모조록 보존하여 부친의 원슈을 갑게 하라."

하니 셩운이 운음을 긋치고 미씨을 위로 왈,

---

238) '하직'을 두 번 썼다.

239) 전별(餞別) : 잔치를 베풀어 이별함. 여기서는 '이별'의 의미임.

240) 망극지통(罔極之痛) : 한이 없는 슬픔. 보통 부모를 잃은 슬플을 말함.

241) 의탁(依託) : 몸이나 마음을 의지하여 맡김.

242) 백천만사(百千萬事) : 온갖 일.

243) 촌심(寸心) : 속으로 품은 작은 뜻.

"누님, 누님. 너머 통곡 마옵소셔. 부친의 바든 혈육 일분[244]이라도 상하릿가. 옛말의 일으기를 쳔도[245]는 복셤화음[246]이라 하니 우리집도 젹션지가[247]라. 웃지 복 바들 씩가 읍실잇가? 쏘 흔 말의 일으기을 흥진비릭[248]요 고진감릭[249]라 하엿시니 응당 우리집도 고진감릭하오리라. 사긔지차의 할일업셔[250] 너며 익통 마르시고 우리 남믹 일신을 보젼하야 모친 삼상[251]을 예로 지닉고 추추 사라보스이다."
하고 남믹 셔로 위로하고 익통한는 모양은 차마 보지 못할너라. 이렁져렁 익통과 눈물노 삼년초토[252]을 지닉니 셩희의 나이 십팔 세요, 셩운의 나이 십육 세라. 연긔 장셩흔들 누구을 의지하여 남혼여가[253]하리요. 잇씩의 황도 스람 형부

26쪽

시랑 장션걸이 쇼져[254]의 소문을 듯고 후취[255]로 혼인을 청하거날 김 쇼져 듯지 아니 하야는지라. 장션걸이 마암에 싱각하되,

---

244) 일분(一分) 아주 적은 양.
245) 천도(天道) : 하늘이 낸 도리나 법.
246) 복선화음(福善禍淫) : 착한 사람에게는 복을 주고, 악한 사람에게는 재앙을 줌.
247) 적선지가(積善之家) : 착한 일을 많이 한 집.
248) 흥진비래(興盡悲來) : 즐거운 일이 다하면 슬픈 일이 닥쳐온다는 뜻으로 세상 일은 순환되는 것임을 이르는 말.
249) 고진감래(苦盡甘來) : 쓴 것이 다하면 단 것이 온다는 뜻으로 고생 끝에 즐거움이 옴을 이르는 말.
250) 하릴없어.
251) 삼상(三喪) : 삼년상.
252) 삼년초토(三年草土) : 삼년상.
253) 남혼여가(男婚女嫁) : 아들은 장가가고 딸은 시집간다는 뜻으로 자녀의 혼인을 이르는 말.
254) 소저(小姐) : 아가씨를 한문투로 이르는 말.
255) 후취(後娶) : 두 번째 장가들어 맞이한 아내.

'집흔 밤에 가서 그 집에다 불을 지르면 그 ᄎᆞᄌᆞ가 불을 피하여 나올 거시니 귀집죵[256]을 보ᄂᆡ여 붓드러 오난 거시 올타.'

하고 집고 집흔 삼경의 ᄉᆞ람을 보ᄂᆡ여 불을 지르니 셩희와 셩운이 셔로 안져 신세을 탄식하더니 쳔만의외[257]에 불이 이러나 집을 ᄐᆡ오ᄂᆞᆫ지라. 황망 즁 불을 필[258]하여 동산에 올나가더니 장 시랑ᄃᆡᆨ 노비 십여 인이 졸지에 달여드러 억지로 다리고 가ᄂᆞᆫ지라. 스스로 ᄉᆡᆼ각하되,

'옛글의 일늣시되 직목[259]이 선벌[260]이요 감쳔[261]이 니갈[262]이라고, 고든 남기 먼져 버히고 단 ᄉᆡᆷ암이 먼져 마르기가 쉬운 일이라. 이졔 ᄂᆡ 몸이 이갓치 곤고[263]되ᄂᆞᆫ 거슨 얼골이 ᄲᅱ여ᄂᆞᆫ 타시라.'

하며 할일업시 당치 못하여 붓들여 갈ᄉᆡ 항상 다리고 거쳐하든 시비 불너 셩운을 ᄎᆞ지니 어ᄃᆡ 잇ᄂᆞᆫ지 아지 못할지라. 여러 계집의게 ᄋᆡ걸하여 왈,

"동ᄉᆡᆼ이나 만나보고 가ᄌᆞ."

하니 듯지 안이하고 억지로 붓들고 급피 가ᄂᆞᆫ지라. 셤셤약질[264]이 할일업셔 시비 연향을 다리고 잡혀가니 장 시랑이 동방[265]의 촉불을 도도고 김 쇼져 오기을 기다리다가 김 쇼져 옴을 보고

27쪽

ᄃᆡ희하여 동방의 드러 안치고 일ᄀᆡ 노비을 불너 왈,

---

256) 계집종.
257) 천만의외(千萬意外) : 전혀 생각하지 못함.
258) '피하여'의 오기이다.
259) 직목(直木) : 곧게 자란 나무.
260) 선벌(先伐) : 먼저 벰.
261) 감천(甘泉) : 물맛이 좋은 샘.
262) 이갈(易渴) : 물이 쉽게 마름.
263) 곤고(困苦) : 형편이나 처지 따위가 딱하고 어려움.
264) 섬섬약질(纖纖弱質) : 가냘프고 여리며 약한 체질.
265) 동방(洞房) : 침실.

"김 소져 닉 집의 오기는 하날이 닉게 연분[266]을 쥬심이라. 당연이 조흔 날을 기다리여 혼례을 일울 거시니 혼례 젼의는[267] 말 누지 말고 잇스라."
하고 게집죵을 불너 왈,

"쇼져을 모시고 잇스라."

하니, 김 쇼져 그 말을 듯고 싱각하되,

'틱일[268]흐기 젼에 목심을 보죤하여 도망할 묘칙을 으드리라.'

하고 잇더니 삼사 일만의 천즈 장 시랑을 부르신딕 시랑이 드러가며 게집죵을 불너 왈,

"죠졍의셔 부르시니 오날밤의는 나오지 못할 거시니 너의 등이 그 츠즈을 모시고 죠흔 말노 달닉여 그 마암을 편이하라."

하고 드러가거날 이날 밤의 김 소져 시비을 불너 다리고 도망할 게교을 싱각하드니 밤이 이믜[269] 삼경이요, 가즁제인[270]이 다 잠을 집히 드러는지라. 시비을 다리고 도망하려 하나 문이 구지 닷치고 담이 놉흔지라. 도망할 길이 업셔 쥬져하다가 문득 싱각하되,

'우리집의 불 지르기는 졍영[271]이 장 시랑의 소위[272]라. 옛말의 하엿시되 남의 눈의 눈물을 닉면 졔 눈의 피가 는다 하엿시니 우리도 오날밤의 이놈의 집의다 불이[273] 지르고 불을 피흐는 쳬하고 딕문을 열고 도망하리라.'

하고 유슉[274]하든 방으로 도로 드러가

---

266) 연분(緣分) : 부부가 되는 인연.
267) 전(前)에는.
268) 택일(擇日) : 운수 좋은 날을 가려서 고름, 또는 그날.
269) 이미.
270) 가중제인(家中諸人) : 집안의 모든 사람.
271) 정녕(丁寧) : 조금도 틀림없이.
272) 소위(所爲) : 하는 일.
273) '불이나'에서 '나'자가 빠졌다.
274) 유숙(留宿) : 남의 집에서 머무름.

28쪽

시비을 불너 불얼 지르고 오라 하니 시비 즉시 나가 불을 지르고 오걸날[275] 즉시 의복을 슈습하고 도망할 ᄎᆞ로 잇다가 불이 ᄉᆞ면의 이러나거날 ᄃᆡ풍이 이러나며 불꼿시 ᄃᆡ치[276]하여 이러나거날 황망하여 불을 구하여 문을 열고 담을 헛치고 황황급급하여 분쥬이 요란할 ᄊᆡ 의 김 쇼져 시비을 다리고 불을 피하는 체하고 담을 넘어 도망하여 본가로 ᄎᆞ져가 늘근 죵을 불너 동ᄉᆡᆼ 셩운이 간 곳슬 무르니 그 죵이 눈물을 흘니고,

"아모날 불 나든 날 밤의 도련님은 ᄋᆡ기씨을 일코 무슈이 통곡하다가 그 잇튼날 어ᄂᆡ 곳스로 가시난지 다시 오지 안나이다."

하거날 김 쇼져 그 말 듯고 더옥 망극하여 실셩통곡하다가 다시 ᄉᆡᆼ각하되,

'오날밤의 이곳세 잇다가는 필경 ᄃᆡ환이 잇실 거시니 지금 곳 도망하여 영능 외가로 가셔 동ᄉᆡᆼ을 ᄎᆞ즈리라.'

하고 경ᄃᆡ[277]을 열고 모부인[278]이 션경의셔 보ᄂᆡ던 분통을 ᄂᆡ여 품 속의 간슈하고 시비을 다리고 도망할ᄉᆡ 김 쇼져 항상 심규[279]의 잇셔 문 박긔 나지 안이 하엿다가 졸지의 거름[280]을 거를 질 업셔 간신이 십 니를 가서 임의 동방이 발거오는지라. 숩풀[281] 가온ᄃᆡ 몸을 폐지[282]하고 시비 연향을 보ᄂᆡ여 여러 촌ᄉᆞ의 가 밥을 비러다가

---

275) '오거날'의 오기이다.

276) 내지(大熾) : 기세가 아주 성함.

277) 경대(鏡臺) : 거울을 버티어 세우고 그 아래에 화장품 따위를 넣는 서랍을 갖추어 만든 가구.

278) 모부인(母夫人) : 남의 어머니를 높여 이르는 말. 여기서는 '어머니'의 의미임.

279) 심규(深閨) : 여자가 거처하는, 깊이 들어앉은 집이나 방.

280) 걸음.

281) 수풀.

282) 폐지(蔽止) : 가리어 숨어 머무름.

29쪽

두리 먹고 날이 져물면 밤으로 길을 가든니 여러 날만[283] 게양 월유촌 젼ᄉ의 가셔 김 소져 발이 심이 압혀 촌보을 갈 슈 업더라. 촌젼 숩풀의셔 밤을 기ᄂ더니[284] 아침의 ᄉ각하되,

'ᄂ가 가지고 온 물건 다만 분 한 곽ᄲᅮᆫ이라.'

분을 ᄂ여 연향을 쥬며 왈,

"여렴[285]의 가셔 파라오라. 남복을 ᄉ셔 입고 쥬점[286]의 드러가 조레[287]나 하여가지고 가리라."

하니 연향이 분통을 가지고 월유촌을 ᄎᄌ 들어가 그 가온ᄃ 큰 집을 ᄎᄌ 들어가 분을 ᄉ람[288]한ᄃ 그 집은 본ᄃ 남 도독집이라. 벼살이 노푼 고로 가산이 요부하고 만셕그부[289]라. 집 모양이 구즁궁궐 갓고 남 도독이 일즉 여식 한아[290]을 두고 ᄉ랑하더니 남 도독이 남북방의 골을 직히러 가고 부인 쥬 씨 ᄯᆞᆯ을 다리고 심히 사랑하여 지ᄂ사 ᄎᄌ의게 당한 보ᄇ라 하면 안이 사쥬ᄂ 거시 업드라. 잇ᄯᅢ 남 소졔 침실의 안졋다가 분 ᄉ란 말을 듯고 즉시 나와 그 ᄉ람을 보니 얼골이 쳔ᄒ졀ᄉ이라. 남 소져 그 분과 그 ᄉ람을 어엿비 보고 그 분과 그 사람을 다리고 가셔 분을 ᄉ달나 하며 ᄯᅩ 연향다려 일너 왈,

"너ᄂ 아지 못하거이와 무삼 연고로 져갓치 어엿분 ᄉ람이 분을 팔너 단이난야?"

---

283) '여러 날만에'에서 '에'자가 빠졌다.

284) 지내더니.

285) 여염(閭閻) : 살림집이 많이 모여 있는 곳.

286) 주점(酒店) : 예전에 술과 음식을 팔며 식당과 여관을 겸하던 곳.

287) 조리(調理) : 건강이 회복되도록 몸을 보살피고 병을 다스림.

288) '사라'의 오기이다.

289) 만석거부(萬石巨富) : 곡식 만 섬 가량을 거두어들일 수 있는 논밭을 소유한 큰 부자.

290) 하나.

한듸

30쪽

연향이 함숨 지고 왈,

"쇼녀의 힝지 아라 쓸 듸 업나이다."

한듸 남 쇼져 본듸 용모도 절식뿐 안이라 심경이 인후[291]하야 간안한[292] ᄉᆞ람을 불상이 여기고 외로온 ᄉᆞ름을 칙은이 여기여 못ᄂᆡ ᄉᆞ랑하더니 연향의 말을 듯고 불상이 ᄉᆡᆼ각하여 다시 문왈,

"말하는 소릐가 져듸 불상ᄒᆞᆫ고? 분명 슬픈 일이 잇도다."

하고,

"속이지 말고 ᄌᆞ셔이 말하라."

하거날, 연향이 그 쳐ᄌᆞ의 심히 공슌하고 유정[293]하야 말도 감측[294]한지라. 심즁이 ᄌᆞ연 감동하고 거룩하여 공슌이 듸답하여 왈,

"소녀의 팔ᄌᆞ 긔박하야 상젼의 집이 망케 되여 ᄌᆞ근 아기씨을 모시고 도망하여 한을 피하려 하고 가다가 이 마을 숨풀 속에셔 밤을 싀우고 ᄇᆡ가 곱하 이 거설 팔어 밥을 사 먹고 가랴 하나이다. 이 거시 변변치 못하여도 션경 보ᄇᆡ라. 범연[295]이 보시지 말고 그 갑이나 만이 쥬시압소셔."

남 소져가 그 말을 듯고 한숨 지고 왈,

"이 거시 정영 션경 보ᄇᆡ와 갓거드면 즁한 긔물이라. 츠ᄌᆞ의 마암으로 이러ᄒᆞᆫ 거셜 팔너 보ᄂᆡ시니 그 마음이 옥죽[296]하리요. 그 신세을 ᄉᆡᆼ각하니 불상키 그지 업ᄂᆞᆫ지라."

291) 인후(仁厚) : 어질고 후덕함.
292) 가난한.
293) 유정(有情) : 인정이나 동정심이 있음.
294) 간측(懇側) : 간절하고 지성스러움.
295) 범연(泛然) : 차근차근한 맛이 없이 데면데면함.
296) '오죽'의 오기이다.

하고 그 ᄎᆞᄌᆞ을 다려올 뜻시로 쥬 부인게 청한ᄃᆡ 부인 왈,

"ᄂᆡ 마음도 역시 그러하니 엇든 ᄎᆞᄌᆞ

31쪽

가 그ᄃᆞ지 불상이 되엿ᄂᆞᆫ고? 맛당이 다려다가 너와 함ᄁᆡ 잇게 하리라."
하고 연향다려 일너 왈,

"ᄂᆡ 말을 드르니 너의 ᄋᆡ기씨 신세 가련하다. 너머 고ᄉᆡᆼ 말고 ᄂᆡ 집으로 드러와 우리 ᄌᆞ근 ᄋᆡ기씨와 홤ᄭᅵ[297] 유숙함이 엇더ᄒᆞᆫ요? 그 연유로 너의 ᄋᆡ기씨게 고하라."

ᄒᆞ고 시비로 하여금 교ᄌᆞ을 가지고 나가 모시고 오라 하니, 남 소져 쥬 부인 말슴을 듯고 부인게 다시 청하여 왈,

"옛말에 하엿시되 봉비쳔인의 긔불탁속[298]이라. 그 ᄎᆞᄌᆞ 아모리 곤궁이 되엿시되 염치가 잇난지라. 모친 말슴 듯고 안이 올 듯하와이다. 다시 젼갈하여 보ᄂᆡ시압소셔."

ᄒᆞᆫᄃᆡ 쥬 부인이 올이 역여 연향 불너 왈,

"너의 말을 드르니 너의 ᄋᆡ기씨 불상할 분 안이라 ᄂᆡ 집도 자근 ᄋᆡ기씨 잇서 너 말을 듯고 너의 ᄋᆡ기씨을 그 단정하신 ᄐᆡ도와 아롬다온 ᄐᆡ도을 보바드려[299] 하고, ᄯᅩᄒᆞᆫ 남ᄌᆞ는 업ᄉᆞ오니 비루[300]한 집이나 잠간 오시기를 바라노라 하고, 문젼을 젹쇄하고 기다리오니 드러오시옵소셔 ᄒᆞ고 그 연유을 알외여라."

ᄒᆞᆫᄃᆡ 연향이 즉시 그 말을 듯고 나가니, 김 쇼져 갈오ᄃᆡ,

---

297) 함께.

298) 봉비천인(鳳飛千仞)의 기불탁속(飢不啄粟)이라 : 봉황은 천 길을 날아서 주려도 조따위는 먹지 않는다.

299) '본바드려'의 오기이다.

300) 비루(鄙陋) : 행동이나 성질이 너절하고 더러움.

"웃지 그딕지 더듸는야?"

연향이 딕왈,

"남 도독딕이라 하는 집의 드러가니 그 딕의도 츠즈 하나 잇시되 얼골이 거울 갓고

32쪽

심정이 인후흔지라. 소져란 말을 듯고 신세을 불상이 역여 여츠여츠 드러오시라 하더이다."

김 소져 갈오딕,

"아무리 신세가 이 지경이 되야신들 남의 집 츠즈 힝지로 임의로 드러가리오."

이리 말할 츠의 잇써 남 도독딕 시비들이 교즈을 가지고 와셔 드러가기를 청하되 죵시 듯지 안이 한난지라. 시비 도로 드러가 엿즈오딕,

"안이 드러오시랴 하더이다."

남 쇼져 문왈,

"그 츠즈는 엇더한 인물이던야?"

시비 딕왈,

"그 츠즈 보온즉 명월이 운즁[301]의 빗친 듯하와 겻히 가보오니 츈풍의 부용화[302]가 녹슈[303]의 헛치고 픠엿는 듯 정정[304] 틱도와 셤셤[305]한 모양은 쳔흐의 다시 보지 못[306] 사람이라. 인간 스람은 안이요, 천상의 션녀가 나려와 안진 듯히더이다."

301) 운중(雲中) : 구름 속.

302) 부용화(芙蓉花) : 부용의 꽃.

303) 녹수(綠水) : 푸른 물.

304) 정정(正正) : 바르고 가지런함.

305) 섬섬(纖纖) : 가날프고 여림.

306) '할'자가 빠졌다.

한ᄃᆡ 남 쇼져 그 말 듯고 자연 반갑고 이상이 졀친한 ᄉᆞ롬 갓타야 급히 보고져 하여 모부인게 쳥하여 왈,

"그 ᄎᆞᄌᆞ의 말을 드르니 안져서 오라 하기 어렵ᄉᆞ오니 원컨ᄃᆡ 모친이 잠간 나가시면 그 ᄎᆞᄌᆞ 드러오기 쉬울 듯하와이다."

ᄒᆞᆫᄃᆡ 부인이 올히 역이ᄉᆞ 시비을 다리고 나가니 김 쇼져 ᄃᆡ경하여 붓그럼을 먹음고 이러서며 마ᄌᆞ 갈오ᄃᆡ,

"무삼 연고인지 아지 못하거니와 이갓치 빈쳔무의[307]한 ᄉᆞ람을 위하야 손조[308] 나오시니

33쪽

마암의 극히 황공불안하와이다."

쥬 부인이 소져의 손을 잡고 왈,

"그ᄃᆡ의 신세가 불상할 쑨안이라 현셩[309]한 동힝[310]과 단정한 외용[311]을 본바들 만한지라. 드럽다 마르시고 잠간 드러가 ᄂᆡ의 여식과 ᄒᆞᆫ가지 놀다 가시기 천만 바라나이다."

하니 김 쇼져 마지 못하여 교ᄌᆞ의 올나 안져 남 도독ᄃᆡᆨ으로 드러가니 남 소져 문의 나와 기다리다가 김 쇼져 옴을 보고 무슈이 반겨하여 ᄂᆡ당으로 드러가 문젼을 쓸고 마ᄌᆞ드리니 김 쇼져가 남 쇼져을 보고 반겨하여 서로 ᄉᆞ랑하니 모양이 형졔간 갓드라. 인하야 후원 별당의 남 쇼져 서로 안져 ᄎᆡᆨ보기와 바독두기을 일삼으니 그 ᄉᆞ랑한ᄂᆞᆫ 졍이 지극간졀[312]하더라. 셔로 손을 잡고 글만하여 웃고 음식을 당하면 셔로 권하여 하나가 안이 먹으면

307) 빈천무의(貧賤無依) : 가난하고 천하여 의지할 곳이 없음.
308) 손수.
309) 현성(賢成) : 현명하고 성숙함.
310) 동행(動行) : 문맥으로 보아 '행동'의 의미임.
311) 외용(外容) : 겉모습.
312) 지극간절(至極懇切) : 더할 수 없이 정성스럽고 극진함.

ᄯᅩ 하나도 안이 먹으며 일시을 셔로 ᄯᅥ나지 안이하고 쥬 부인을 지셩으로 셤기며 날마다 우술으로[313] 세월을 보ᄂᆡ던이 일일은 김 쇼져가 별당의셔 바독을 두다가 밤은 이믜 집고 창젼월ᄉᆡᆨ[314]은 은은한ᄃᆡ 셔안을 비겨누엇다가 이러나며 한숨하여 낙누을 무슈이 하거날 남 쇼져 심즁의 괴이 역여 문왈,

"김 소져가 우리집의 온 졔 오륙 일 되얏시되 일분도 쳐량한 빗슬 보이지 안이하기로 마암의 혜오ᄃᆡ 져갓치 집을 ᄯᅥ나고 ᄒᆡᆼ걸[315]하ᄂᆞᆫ 즁의 마암이 져가치 ᄐᆡᆨ연하니

34쪽

ᄃᆡ져 그 마암의 큰 쥴은 긔왕 알엇거니와 지금 ᄌᆞᆯ연이[316] 무삼 근심 잇셔 그ᄃᆡ지 슬퍼하시난잇가? 알고ᄌᆞ 하나이다. 쇼기지 말고 젼후ᄉᆞ긔을 잠간 말숨하옵소서."

김 소져 왈,

"ᄂᆡ 집이 본ᄃᆡ 부귀영화ᄒᆞ옵더니 가운이 불ᄒᆡᆼ하야 모친을 일즉 일코 집이 쥬장[317]이 업ᄉᆞ와 ᄂᆡ 동ᄉᆡᆼ을 다리고 날마다 신세을 ᄉᆡᆼ각하고 지ᄂᆡ다가 괴상한 일을 당하여 동ᄉᆡᆼ을 일코 시비을 다리고 외가로 가옵다가, 남 쇼져의 인후하신 덕ᄐᆡᆨ으로 쳥ᄒᆡᆼ[318]을 입ᄉᆞ와 잇ᄯᆡ가지 잇ᄉᆞ오니 다ᄒᆡᆼᄒᆞᆫ 일은 측양 읍ᄉᆞ오나, 동ᄉᆡᆼ을 ᄉᆡᆼ각하야 일시도 일즐 슈가 읍더니 오날밤 ᄭᅮᆷ의 어린 동ᄉᆡᆼ이 날을 ᄎᆞᄌᆞ와 보오니 남가일몽[319]이라. 슬품을 이긔지 못하여 낙

---

313) 웃음으로.
314) 창전월색(窓前月色) : 창문 앞의 달빛.
315) 행걸(行乞) : 집집마다 돌아다니며 구걸함.
316) 졸연(卒然)히 : 갑작스럽게.
317) 주장(主掌) : 어떤 일을 책임지고 맡음. 또는 그런 사람.
318) '천행(天幸)'의 오기이다.
319) 남가일몽(南柯一夢) : 꿈과 같이 헛된 한때의 부귀영화를 이르는 말. 중국 당나

누하나이다."

한디 남 쇼져 그 말 듯고 함숨 지고 왈,

"나도 어린 동싱 한아 잇삽던이 공부하랴 하고 연슨 단셩스라 하는 졀노가 잇스나 동싱 보고 십흔 마암이 간졀하더니 오날밤 김 소져 말을 듯사오니 마암의 불안하여이다. 그러하오나 너머 슬어하지 마옵셔 셜마 아모 쎄라도 맛나지 못하오릿가."

ᄒᆞ고 셔로 위로하더라.

션시[320]의 셩운이 집의 불이 남을 보고 황망 즁 불을 피하다가 ᄆᆡ씨을 일코 망극통곡하다가 싱각하되,

'ᄆᆡ씨는 본ᄃᆡ 남의 쒸여나는지라. 졍영이 남의게 붓들여 갓실지라. 그러나 그 단졍ᄒᆞᆫ 마암으로 분명 어ᄃᆡ가 자결하여

35쪽

쥭을 거시니 이졔는 다시 만나 보지 못ᄒᆞ리라. 나도 ᄉᆞ라 쓸 ᄃᆡ 업다.'

하고 강남으로 가셔 부친이나 뵈압고 쥭으리라 ᄒᆞ고 잇튼날 길을 써나와 강남으로 힝하드니 여러 날 가ᄆᆡ 발이 압흐고 ᄇᆡ가 곱허 여람[321] 촌ᄉᆞ의 드러가 촌촌걸식[322]하여 가더니 여려 날만의 광쥬 싸의 다다르니 려경 단셩ᄉᆞ라 ᄒᆞ는 졀이 뉘게 좃탄 말을 듯고 ᄒᆞᆫ 번 귀경하리라 하고 단셩ᄉᆞ을 ᄎᆞᄌᆞ가니 일모황혼[323]의 홀연 싱각하되.

'ᄂᆡ의 일신이 악갑지 안이ᄒᆞ나 오날밤의 단셩ᄉᆞ을 ᄎᆞᄌᆞ가다가 김셩[324]의

라의 순우분(淳于棼)이 술에 취하여 홰나무의 남쪽으로 뻗은 가지 밑에서 잠이 들었는데 괴안국(槐安國)으로부터 영접을 받아 20년 동안 영화를 누리는 꿈을 꾸었다는 데서 유래한다.

320) 선시(先時) : 전날. 이전의 어느 날.

321) 여남 : '여남은'의 준말.

322) 촌촌걸식(村村乞食) : 이 마을 저 마을 돌아다니며 빌어먹음.

323) 일모황혼(日暮黃昏) : 해가 지고 어스름해질 때.

게 죽어도 원통치 안타.'

하고,

'아모죠록 오날밤의 그 절을 ᄎᄌ가 보리라.'

ᄒ고 황혼야월의 여산[325]을 올나가니 잇ᄯᅢ는 츈삼월 망간[326]이라. 초목이 황무[327]하고 봉황은 우심하고 ᄇᆡᆨ운산비[328]하고 명월은 낙죠[329]ᄒ니 봉봉이[330] 두견이는 부르기를 슬피 울고 쳐쳐[331]의 황잉[332]은 환우셩[333]이 더욱 좃타. 츈ᄉᆞᆷ월 호시졀은 지나가고 하ᄉᆞ월[334] 조흔 경기 녹음방초[335] 스화시졀이라. 그러ᄒᆞᆫ 산곡[336]을 드러가니 쳔지무가ᄀᆡᆨ[337]이 슬품 마암 측양 읍도다. ᄎᄌᆞᆷᄎᄌᆞᆷ 드러가니 졍졍[338]ᄒᆞᆫ 경쇠 소ᄅᆡ 풍편의 조차와서 ᄀᆡᆨ의게 젼하거날 그졔야 절 잇는 쥴 알고 경쇠 소리 죠ᄎ 드러가니 과연 졀이 잇스되 슈간화각[339]이 층암졀벽 상의 달여 잇고 그 압희 ᄌ운문이 잇거날

---

324) 짐승.

325) 남 소저가 김 소저에게 말할 때는 '연산'이라고 했음.

326) 망간(望間) : 음력 보름께.

327) 황무(荒蕪) : 내버려 두어 매우 거침.

328) 백운산비(白雲散飛) : 흰 구름이 여기저기 흩어짐.

329) 낙조(落照) : 원래는 저녁에 지는 햇빛이나, 여기에서는 '내려 비춤'의 의미이다.

330) 봉봉이 : 봉우리 봉우리마다.

331) 처처(處處) : 곳곳에.

332) 황앵(黃鶯) : 꾀꼬리.

333) 환호성(歡呼聲) : 기뻐 부르짖는 소리.

334) 하사월(夏四月) : 여름에 접어드는 때를 이르는 말.

335) 녹음방초(綠陰芳草) : 푸르게 우거진 나무와 향기로운 풀. 즉 여름철의 자연경관을 이르는 말.

336) 산곡(山谷) : 산골짜기.

337) 천지무가객(天地無家客) : 집 없이 떠도는 신세를 일컫는 말.

338) 정정(淨淨) : 아주 맑고 깨끗함.

339) 수간화각(數間畵閣) : 두서너 칸의 채색을 한 누각.

36쪽

그 문으로 드러가며 살펴보니 글 잇는[340] 쇼릭나 청화[341]한지라. 스스로 싱각하되,

'나도 본딕 글짜나 일것다가 신세 이딕지 곤궁이 되엿시나 글 익는 구경이나 하리라.'

ᄒᆞ고 글 소릭을 따러가니 밤이 이믜 삼경이라. ᄉᆞ면이 고요하고 인젹이 젹막ᄒᆞᆫ딕 등화을 도도오고 익는 글소릭 더옥 좃타. 인하여 문을 열고 드러가니 일기 동ᄌᆞ가 의복을 증졔ᄒᆞ고 셔안을 딕하여 안졋다가 셩운을 보고 딕경하여 이러나 다시 안지며 일너 왈,

"엇의[342] 잇는 동ᄌᆞ관딕 무삼 연고로 심야의 심산궁곡의 ᄎᆞᄌᆞ왓는요?"

하거날 셩운이 그 말을 듯고 동ᄌᆞ 얼골을 술펴보니 형산빅옥[343]이 진흑 즁의 무쳣난 듯, 낙셩도화[344]가 츈풍의 피엿는 듯 연연[345]ᄒᆞᆫ 용모와 졍졍ᄒᆞᆫ 쇼릭가 볼쇼록 화슌[346]하야 진짓 ᄉᆞ딕부가의 ᄌᆞ식이 분명하더라. 셩운이 딕왈,

"나는 황도 김공필의 아들이더니 과화공참[347]하야 모친을 일즉 이별하고 부친을 의지하여 지닉다가 또ᄒᆞᆫ 간신의 히을 입어 부친이 강남으로 증빅가시고 다만 믹씨[348]을 의지하야 집을 직히고 잇다가 천만의외에 괴변을 당

340) 읽는.

341) 청아(淸雅) : 맑고 아름다움.

342) 어디.

343) 형산백옥(荊山白玉) : 중국 형산의 백옥이라는 뜻으로, 보물로 전해오는 흰 옥돌을 이르는 말.

344) 낙성도화(洛城桃花) : 중국 낙양성의 도화라는 뜻으로, 낙양성의 도화꽃이 유명하여 붙여진 말.

345) 연연(娟娟) : 아름답고 어여쁨.

346) 화순(和順) : 온화하고 양순함.

347) 가화공참(家禍孔慘) : 집안에 일어난 재앙이 매우 참혹함.

348) 매씨(妹氏) : 누이를 이르는 말.

하야 미씨을 일코 혈혈단신이 의지할 곳도 업고 갈 곳도 업는지라. 일신표박[349]하여 동셔로 기걸[350]하다가 강남으로 ᄎᆞ져가셔 부친이나 만나보고 부ᄌᆞ상면이나 알[351]가 ᄒᆞ고 ᄎᆞ져가다가 광쥬 ᄯᅡ의 다다러셔 단셩ᄉᆞ 경기 좃탄 말을 듯고

37쪽

구경이나 하고 가ᄌᆞ 하고 ᄎᆞ져오는 길일느니 즁로의 일모도궁[352]하여 길은 흠하고 인가 읍는지라. 엇지 할 슈 업셔 어듸가 졀이 잇는 쥴 모로고 즘즘 ᄎᆞᄌᆞ드니 쳔만 의외에 쳥화ᄒᆞᆫ 글 쇼리 들니거날 반갑기 그지 업셔 ᄎᆞᄌᆞ 드러왓거니와 그ᄃᆡ는 엇의 잇는 아희관ᄃᆡ 이 심산궁곡의 드러와셔 글 공부 심씨는고?"

그 아희 ᄃᆡ왈,

"나는 게양 월유촌의 ᄉᆞ는 남 도독의 ᄌᆞ식으로서 부친 명영을 밧ᄌᆞ와 글 공부을 하라고 여긔 왓기로 부친을 보릭[353] 뵈압지 못하고 ᄯᅩ 동긔간이라 하는 거시 다마[354] 미씨 ᄲᅮᆫ일너니 오릭 보지 못하여 ᄉᆡᆼ각하는 마암이 간졀하드니 너 하는 말을 드르니 더옥 간졀하다."

하고 ᄯᅩ 가로ᄃᆡ,

"ᄂᆡ가 이 졀의 온 졔 거의 일 연이 되도록 세상 ᄉᆞ람을 보지 못하엿드니 금야[355]의 ᄎᆞ음으로 그ᄃᆡ을 보니 반가온 일이 ᄯᅩ 어ᄃᆡ 잇스리요. 이졔는 이곳의셔 나와 글 공부 한가지 나와 하ᄌᆞ."

---

349) 일신표박(一身飄泊) : 자기 한 몸 고향을 떠나 정처없이 떠돌아다님.
350) 개걸(丐乞) : 빌어서 먹음.
351) '할'의 오기이다.
352) 일모도궁(日暮途窮) : 날은 저물고 갈 길음 막혀 있음.
353) '오릭'의 오기이다.
354) '다만'의 오기이다.
355) 금야(今夜) : 오늘밤.

하거날 셩운이 싱각하되,

'세상의 나가 쓸듸업는지라. 이곳의셔 심셔[356] 공부하여 가지고 또 세상의 나가 부친 원슈을 갑흐리라.'

하고 즉시 허락하고 그 아희다려 일너 왈,

"이졔는 이곳의셔 공부을 하려니와 피차 일홈을 알고즈[357]."

흔듸 듸왈,

"나의 일홈을[358] 슈경이오, 나히는 십오 세라."

흐니 셩우[359]이 듸왈,

"닉 일홈은 셩운이오, 나히는 십육 세라."

하고 인하여 공부을 심써 하여 지닉더니 일일은 글 일

38쪽

다가 칙을 노코 안지며 왈,

"닉가 집 써느온 졔 오릭되여 부모 동싱을 한 번 볼 마암이 울져하니 이졔 나려가 모친과 믹씨을 잠간 보고 오리라."

흔듸 셩운이 듯고 탄식 왈,

"너는 부모와 미씨을 ㅊ즈보랴 하니 말유[360]치 못하거니와 날 갓튼 ㅅ람은 아모 듸을 가도 부모와 믹씨 만나볼 길이 업고 이 산즁의 드러와셔 너을 의지흐고 잇슬가. 너는 도로 가고 나 혼즈 여계 잇셔 너 도라올식 이을 엇지 견듸리요만은 속히 도라오기를 바라노라."

하니 슈경이 셥셥한 마암을 먹음고 이별하고 집의 도라올식 슈경 모친이

356) 힘써.
357) '하노라'가 빠졌다.
358) '은'의 오기이다.
359) '성운'의 오기이다.
360) 만류(挽留) : 붙들고 못하게 말림.

슈경이 온단 말을 듯고 즁문의 나와 기다리다가 슈경을 붓들고 닉당의 드러 가니, 잇ᄯᅢ의 남 쇼져와 김 쇼져는 별당의셔 몽ᄉᆞ[361]을 셔로 의논하고 슬푼 마음을 위로하고 지닉다가, 남 쇼져 그 동싱 온 쥴 알고 경황[362]이 나가 슈경을 붓들고 무슈이 반기드라. 김 쇼져 별당의 안졋다가 남 쇼져 동싱 와셔 경황이 가는 양을 보고 마음의 싱각하되,

'엇든 ᄉᆞ람은 동싱을 만나보는고. 나도 언제나 동싱을 만나볼고. 더옥 싱각나는도다.'

하며,

'남 쇼져 동싱을[363] 엇든 ᄉᆞ람인고 나가 보리라.'

하고, 쥬 부인 거쳐하난 방을 향하여 가셔 다시 싱각하되,

'닉 이러하는 거시 여ᄌᆞ 힝실이 만번불가[364]하나 닉가 이 지[365]의 와셔 남 쇼졔와 형졔 갓고 그 은혜을 틱산 갓치 입고 남 공ᄌᆞ는

39쪽

아직 어리다 하니 잠간 보기 어온 관계하랴.'

하고 문 틈으로 구경하드니, 슈경이 모친게 뵈인 후의 그 밋씨게 엿ᄌᆞ오딕,

"뉘님은 닉 말을 드르쇼셔. 닉가 졀의셔 공부하다가 세상의 불상하고 가련ᄒᆞᆫ ᄉᆞ람 만나셔 ᄒᆞᆫ가지 글 일다가 ᄯᅥ나오니 참아 ᄋᆡ연[366]하와 일심의 잇지 못하나이다."

모친니 문왈,

"엇더ᄒᆞᆫ ᄉᆞ람이 그딕지 불상가긍[367]하며 ᄯᅩ 엇지ᄒᆞ여 그딕지 잇지 못하

---

361) 몽사(夢事) : 꿈에 나타난 일.

362) 경황(驚惶) : 놀라고 두려워 허둥지둥함.

363) '은'의 오기이다.

364) 만번불가(萬番不可) : 절대로 옳지 않음.

365) '집'의 오기이다.

366) 애연(哀然) : 슬픈 듯함.

건난야?"

하신딕 슈경 딕왈,

"아모날 밤의 글을 익노라 하니 난딕업는 아희 하나이 문을 열고 드러와 안거날 그 아희을 살펴보니 얼골이 빅옥갓고 의복이 션명하거날 마암의 귀신인가 정신을 ㅊ려 이로딕 '네가 귀신인야 ᄉ람인야?' 한딕 그 아희가 우셔며 가로딕 '닉 엇지 귀신이랴 ᄉ람이라.' 하고 말하되 '팔ᄌ긔박[368]하야 일신을 의지할 곳 업셔 동셔기걸하다가 뉘게 이 절이 조탄 말을 듯고 구경하러 오다가 일모도궁하여 길이 아득하기로 향방을 증치 못하더니 글 쇼릭 듯고 드러왓노라.' 하거날, 나도 역시 세상 ᄉ람을 귀경치 못하다가 그졔야 그 아희을 보니 반가온 마암 측양치 못하야 인하여 청하되 '나와 혼가지로 공부하자.' 하니 그 아희 허락하기로 공부할식 셔로 의탁하여 잇ᄉ오니 그 인정이 친동긔간 갓튼지라. 여러 날 지닌 후의 그 아희 불상혼 ᄉ연을 엿ᄌ오되 그 아희 젼후ᄉ연을

40쪽

드른 즉 그 경상은 일노 측양치 못할어이다."

하니, 남 소져 문왈,

"그 아희 승명은 무어시며 어딕 잇다든야?"

슈경이 딕왈,

"그 아희 승명은 김셩운이오, 살기는 황도의 살고 나이는 십육 세요, 지금 김 상서 아들노셔 가운이 불힝하여 그 모친을 이별하고 그 부친만 바라고 잇다가 그 부친이 강남으로 증빅한즉 남믹 셔로 의지하여 살다가 그 믹씨을 일코 혈혈단신이 무의무탁[369]하여 동셔남북으로 기걸하다가 이제는 할 일

---

367) 불상가긍(不詳可矜) : 상서롭지 못하여 불쌍하고 가여움.

368) 팔자기박(八字奇薄) : 사람의 운수가 사납고 복이 없음.

369) 무의무탁(無依無托) : 몸을 의지하고 맡길 곳이 없음.

업씨 강남의 가셔 부친이나 ᄎᆞᄌᆞ보랴 하고 가다가 단셩ᄉᆞ 경기 좃탄 말을 잠간 듯고 지나는 길의 구경이나 ᄒᆞ고 가랴 하고 왓노라 하더이다."
하거날 잇ᄯᅢ 김 쇼져 문을 의지하여 셔셔 그러ᄒᆞᆫ 말을 듯고 정신이 아득하여 인ᄉᆞ[370]을 ᄎᆞ리지 못하고 경황실ᄉᆡᆨ한 즁의 셩운이 와셔 만진 듯하야 문을 열고 드르가니 슈경이 모친 엽희 안졋다가 못보든 ᄎᆞᄌᆞ가 드러오거날 보고 놀ᄂᆡ여 문을 열고 나가거날 김 소져 즉시 이러나 왈,
"ᄂᆡ의 힝지는 밋쳡지 못하거니와 공ᄌᆞ[371]의 하시는 말슴을 듯고 분명ᄒᆞᆫ ᄂᆡ 동싱이 그 아희오니 ᄂᆡ 마음이 여광여취[372]하와 인ᄉᆞ을 ᄎᆞ리지 못하고 드러왓ᄉᆞ오니 밋친 ᄉᆞ람으로 알고 드러오소서. 무러볼 말슴이 잇나이다."
한ᄃᆡ, 남 쇼져가 안졋다 급히 ᄂᆡ다러 동싱을 붓들고 일너 왈,
"네 말을 들으니 괴상한 일이로다. 즈 ᄎᆞᄌᆞ는 그 졀의 잇는 공ᄌᆞ의 ᄆᆡ씨라.

41쪽

ᄒᆞᆫ즉 그 ᄎᆞᄌᆞ가 그 동싱의 소식을 듯고 간간[373]한 마암의 ᄌᆞ셔ᄒᆞᆫ 말을 듯고ᄌᆞ 하야 붓그러운 마암은 동긔간 천륜지정[374]이 ᄂᆡ다러 압흘 가리고 염치을 바리고 너을 보ᄌᆞ 하니 너는 아모리 붓그러오나 남의 마암 촌탁[375] 하여[376]."
슈경이 의복을 슈습[377]하고 안식을 다시리고 드러와 모친 겻희 안거날

370) 인사(人事) : 사람을 대할 때 차려야 할 예절.
371) 공자(公子) : 지체 높은 집안의 나이 어린 아들.
372) 여광여취(如狂如醉) : 너무 기쁘거나 감격하여 미친 듯도 하고 취한 듯도 하다는 뜻으로, 이성을 잃은 상태를 이르는 말.
373) 간간(衎衎) : 마음이 기쁘고 즐거움.
374) 천륜지정(天倫之情) : 부모 자식 사이나 형제간에 저절로 우러나는 본능적인 애정.
375) 촌탁(忖度) : 남의 마음을 미루어서 헤아림.
376) '들어오라'가 빠졌다.
377) 수습(收拾) : 어수선함을 거두어 바로잡음.

김 소져 염치을 져바리고 왈,

“이갓치 무지한 거시 하물며 일ᄀᆡ 여ᄌᆞ로셔 이갓치 존즁하신 귀체을 나가거라 드러오거라 하는 거시 만만가통[378]이오며, 여아의 힝실 불가하나 어린 동싱의 ᄉᆞ싱을 모로고 쥬야 잇지 못하와 일신은 아즉 사라낫ᄉᆞ오나 다만 부친과 동싱이나 다시 만나 보고 쥬그려 하엿드니 귀에 동싱 잇단 말을 잠간 듯ᄉᆞ오니 불민[379] 마암에 염치을 일코 드러왓ᄉᆞ오니 붓그러운 말숨과 민쳡지 못한 죄는 ᄭᅳᆺ시 업ᄉᆞ오나 그 아희 말숨을 다시 ᄒᆞ옵소셔.”

한ᄃᆡ 슈경이 마지 못하여 젼후 ᄉᆞ연을 ᄯᅩ다시 분명하게 설화하니 남 소져가 반소반실 김소져다려 일너 왈,

“그ᄃᆡ의 동기간 졍은 다시 측양치 못하리로다. 김 소져가 ᄂᆡ 집의 온 졔 오ᄅᆡ되 그 청염[380]ᄒᆞᆫ 마암이 조금도 변치 안이 하드니 지금 그 동싱의 말을 듯고 ᄂᆡ 동싱 잇는 방의 드러와 슈작을 ᄌᆞ약히 하는도다.”

무슈이 긔롱[381]하니 김 소져가 붓그럼을 의긔지 못하더라. 인하여 김 소져을 다리고 별당의 도라와 그 동싱 다려

42쪽

다가 보기을 의논하더니 슈경이 모친 겻헤 안졋다가 김 소져 나가[382] 후에 못ᄂᆡ 충찬하며 왈,

“그 ᄎᆞᄌᆞ는 용모범절[383]이 엇지 그ᄃᆡ지 쳥슌하고 단졍한고? 쳔ᄉᆞᆼ션녀가 하강한 듯하도다.”

ᄯᅩ 그 ᄎᆞᄌᆞ의 도망하야 가다가 이곳의 와셔 잇는 말을 자셔이 듯고 못ᄂᆡ

---

378) 만만가통(萬萬可痛) : 헤아릴 수 없을 만큼 통탄할 만한 일.

379) 불민(不憫) : 사정이 딱하고 가여움.

380) 청염(淸艶) : 맑고 품위있게 아리따움.

381) 기롱(譏弄) : 실없는 말로 놀림.

382) ‘나간’의 오기이다.

383) 용모범절(容貌凡節) : 사람의 생김새와 하는 행동거지.

불상이 여기고 인하야 김셩운의게 편지하랴 하고 하인을 불너 편지 ᄉᆞ연을 ᄌᆞ세이 하여 보ᄂᆡ니라.

잇ᄯᆡ의 셩운이 슈경을 보ᄂᆡ고 젹막한 산당[384]의 외로이 잇더니 일일은 창월[385]이 고결, 산조[386]가 슬피 울 ᄯᆡ 마암이 산란하여 문을 열고 나가 명월을 희롱하드니 문득 법당으로셔 ᄉᆞ람의 소ᄅᆡ 가거날[387] 고히 여가[388] 법당의 나가 가만이 본즉 엇더한 부인이 불젼[389]의 츅원 왈,

"화복을 부쳐와 다 알 ᄇᆡ 안이라. 이 법당 붓쳐님은 도술이 신명하신지라. 원컨ᄃᆡ 부처님은 ᄂᆡ의 셜원[390]을 일우게 하옵소셔."

하거날 그 말을 듯고 고이 여겨 법당 문을 열고 드르가니 그 부인이 ᄃᆡ경하여 ᄭᅮ지져 왈,

"엇드한 아희관ᄃᆡ ᄂᆡ외지법[391]을 모르고 염[392]으로 드러오ᄂᆞᆫ고?"

셩운이 우셔며 발명[393] 왈,

"동ᄌᆞᄂᆞᆫ 무례라.[394] 아희가 ᄂᆡ외지법을 모르고 혹 드러오기 예ᄉᆞ[395]오니 부인게서ᄂᆞᆫ 어ᄃᆡ 게시며 무슨 연고로 이곳에 와 불젼에 비난잇가?"

한ᄃᆡ 그 부인이 촉불을 도도오고 ᄌᆞ서이 살펴보니 그 아희 얼골이 비범하여

---

384) 산당(山堂) : 산 속에 있는 집.
385) 창월(蒼月) : 푸른 달. 즉 밝은 달.
386) 산조(山鳥) : 산새.
387) '나거날'의 오기이다.
388) 여겨.
389) 불전(佛前) : 부처의 앞.
390) 설원(雪冤) : 원통한 사정을 풀어 없앰.
391) 내외(內外之法) : 남자와 여자 사이에 지켜야 할 법도.
392) 염(念) : 무엇을 하려고 하는 생각이나 마음.
393) 발명(發明) : 죄나 잘못이 없음을 말하여 밝힘.
394) 동자(童子)는 무례(無禮)라 : 어린 아이는 예의를 엄격히 따를 필요가 없다.
395) 예사(例事) : 보통 있는 일.

43쪽

의긔남ᄌᆞ[396]요, 세상의 츠음 볼너라. 마음의 깃버하여 다시 ᄉᆡᆼ각하되,

‘분명 부처님이 인도하와 이 아희을 이곳에 오게 하엿도다.’

ᄒᆞ고 다시 문왈,

“동ᄌᆞᄂᆞᆫ 어ᄃᆡ 잇ᄂᆞᆫ ᄉᆞ람이관ᄃᆡ 무삼 일노 이곳에 왓ᄂᆞᆫ야?”

셩운이,

“나ᄂᆞᆫ 팔ᄌᆞ긔박하여 부모와 형졔을 다 일코 무강근지친[397]하고 외무인가측당[398]ᄒᆞ야 이몸 하나 의지할 곳 업셔 이 절에 와셔 즁을 의지하여 잇거니와 부인은 무삼 연고로 이곳에 와 고초[399]이 잇셔 불젼에 무슴 소원을 발원하ᄂᆞᆫ잇가?”

그 부인이 뭇ᄂᆞᆫ 말은 ᄃᆡ답지 아니하고 셩운다려 왈,

“잔말 말고 ᄂᆡ 뒤를 ᄯᅡ러라.”

하거날, 고이하여 ᄯᅡ러가 보리라 하고 ᄯᅡ러가드니 법당 박긔 나가니 부인 모시고 왓든 시비가 부인을 보고 가ᄌᆞ 하고 시비을 다리고 가더니 그 산동구의 나와 ᄒᆞᆫ 집으로 드러가니 그 집이 가장 조흔지라. ᄉᆞ랑[400]을 슬펴보니 반공[401]의 소슨 집이 광치 찬란하고 왼갓 그림을 다 붓칫드라. 부인은 ᄂᆡ당으로 드러가고 셩운은 ᄉᆞ랑으로 드러 보ᄂᆡ거날 드러가서 홀노 안졋다가 안으로셔 ᄒᆞᆫ 아희 촉불을 들고 나오드니 문을 열고 드러와 안지며 인ᄉᆞ 후의 문왈,

“그ᄃᆡᄂᆞᆫ 어ᄃᆡ 잇스며 누집 아들인야?”

하니, 셩운인 ᄃᆡ왈,

---

396) 의기남자(義氣男子) : 의기가 있는 남자.

397) 무강근지친(無強近之親) : 도움을 줄 만한 아주 가까운 친척이 없음.

398) 외무인가측당(外無人可測黨) : 밖으로는 헤아려 줄만한 이웃이 없음.

399) 고초(苦楚) : 고난.

400) 사랑(舍廊) : 바깥주인이 거처하며 손님을 접대하는 곳.

401) 반공(半空) : 땅으로부터 그리 높지 않니한 허공.

"나는 황도 ᄉᆞ는 김 상셔의 아들일너니 가화공참하야 부모형졔을 다 일코 동서 기걸하여 단이거니와

44쪽

잠간 문ᄂᆞ니 존명[402]은 무어시며 집은 누 집이라 ᄒᆞᄂᆞ야?"

그 아희 ᄃᆡ왈,

"이 마을은 광쥬 ᄯᅡ 용문동이요, 집은 유 승상ᄃᆡᆨ이라."

하거날, ᄯᅩ 문왈,

"으른[403]은 다 어ᄃᆡ 가셧ᄂᆞ야?"

ᄒᆞ니, 그 아희 한숨지고 왈,

"우리 부친이 일즉 황도의 벼살하시다가 ᄐᆡ위 유경만의게 ᄉᆞ혐이 잇드니, 유경만이 참소하야 우리 부친을 연[404] 나라 ᄉᆞ신을 보ᄂᆡ더니, 연왕이 호왕[405]과 부동[406]하야 동국[407]을 침범할 마암을 두더니, 우리 부친이 ᄉᆞ신으로 드러가시ᄆᆡ 연왕이 동국 형세을 뭇거날 우리 부친 죽기로셔 안이 가라치니 연왕이 우리 부친을 죽이랴고 안이 보ᄂᆡᆫ 졔 우금[408] 삼 년이라. 그 자식되ᄂᆞᆫ 마암이 오작할손가. 이러ᄒᆞᆫ 연고로 ᄂᆡ 나히 비록 어리나 ᄌᆡ조을 ᄇᆡ우고 쳔ᄒᆞ 영웅을 벗슬 삼어 원수을 갑고ᄌᆞ 하노라."

하니, 셩운이 듯고 우연 탄식 왈,

---

402) 존명(尊名) : 남의 이름을 높여 이르는 말.

403) 어른.

404) 연(燕) : 중국 진국 시대에 주나라 무왕의 동생 소공석이 세운 나라. 지금의 하북(河北) 북부를 영토로 하고 북경(北京)을 수도로 하였는데, 기원전 222년에 진시황에게 망함. 여기서는 그 지역에 거주하던 오랑캐의 나라를 말함.

405) 호왕(胡王) : 호족(胡族)의 왕. 우리는 주로 여진족을 일컬었고, 중국에서는 진·한 시대에 흉노를, 당나라 때에 서역의 여러 민족을 일컬음.

406) 부동(附同) : 부화뇌동(附和雷同). 줏대 없이 남의 의견에 따라 움직임.

407) 동국(東國) : 예전에 우리나라를 달리 이르던 말.

408) 우금(于今) : 지금까지.

"틱위 유경만이라 하는 놀[409]을 가라먹고ᄌ ᄒ노라. 그딕 하는 말이 닉 말과 갓흔지라. 우리 두리 협역하여 원슈을 갑흐리라."

ᄒ고, ᄯ 문왈,

"단셩ᄉ 불공하든 부인은 누구시며, 무스[410] 연고로 불공하엿는고?"

"그 부인은 닉의 모친이라. 이왕[411]의 단셩ᄉ 법당이 퇴락[412]하야 부처님 풍우을 면치 못하여 우리 부친이 돈 천 양을 닉여 즁슈[413]하엿더니 어졔밤의 그 졀 부쳐가 현몽[414]하기로 우리 모친이 우리 부친

45쪽

원슈 갑흘 ᄯᅳᆺ스로 불공[415]하시니라."

셩운이 문왈,

"그딕 모친이 나를 다리고 오기는 무삼 연고야?"

그 아희 딕왈,

"우리 미씨 둘이 잇스되 맛누[416]의는 지금 십구 세요, 둘직는 뉘[417]는 십칠 세라. 둘이 다 임의[418] 셩혼할 ᄶᅥᆨ 되엿시되 한 곳도 합의한 딕 업셔 우리 모친니 걱정을 무슈이 하시더니 이번의 그딕을 보시고 졍영이 비범한 ᄉ람인 쥴 아르시고 다리고 왓노라 하니 그딕 마암이 엇더한요?"

셩운이 붓그러온 마암을 머음고 딕왈,

---

409) '놈'의 오기이다.
410) '무슨'의 오기이다.
411) 이왕(已往) : 지금보다 이전.
412) 퇴락(頹落) : 낡아서 무너지고 떨어짐.
413) 중수(重修) : 건축물 따위의 낡고 헌 것을 손질하며 고침.
414) 현몽(現夢) : 죽은 사람이나 신령이 꿈에 나타남.
415) 불공(佛供) : 부처 앞에 공양을 드림.
416) 맛누 : 맏누이.
417) 뉘 : '누이'의 준말.
418) 이미.

"엇지 그ᄃᆡ지 위남[419]한 말을 하ᄂᆞᆫ잇가? 그러나 간청하심을 허락하려이와 셩예[420]ᄂᆞᆫ 못하겟나이다."

그 아희 쇼왈,

"무삼 연고로 셩예을 못하겟다 하ᄂᆞᆫ요?"

셩운이 왈,

"우리 부친이 지금 젹소에 게시니 장가들기를 부친게 고치[421] 안이하고 임으로 엇지하며, 또ᄒᆞᆫ ᄆᆡ씨가 잇스니 ᄉᆞᄉᆡᆼ은 모르나 ᄆᆡ씨 출가 젼 ᄂᆡ가 엇지 먼져 셩취[422]하리요."

한ᄃᆡ, 그 아희 왈,

"그 말이 당당하다."

하고 문왈,

"그ᄃᆡ 나히 몃치요?"

셩운이 왈,

"ᄂᆡ 일홈은 김셩운이요, 나히ᄂᆞᆫ 십육 세라. 그ᄃᆡ는 일홈이 무엇시며, 나히ᄂᆞᆫ 몃치야?"

그 아희 ᄃᆡ왈,

"나히ᄂᆞᆫ 십오 세요, 일홈은 호원이라."

하고 인하여 ᄂᆡ당으로 드러가ᄌᆞ 하거날, 셩운이 왈,

"ᄂᆡ 나이 십육 세나 되엿시니 비록 아희나 연긔[423]는 장부라. 엇지 남의 ᄂᆡ당으로 드르가리요."

ᄒᆞᆫᄃᆡ, 호원이 왈,

"그러ᄒᆞ기 당당하오나 'ᄆᆡᄉᆞᄂᆞᆫ

---

419) 외람(猥濫) : 분에 넘침.
420) 성례(成禮) : 혼인의 예식을 치름.
421) 고(告)치 : 알리지.
422) 성취(成娶) : 장가를 들어 아내를 얻음.
423) 연기(年紀) : 대강의 나이.

46쪽

간쥬인[424]이라' 하니 쥬인 하ᄌᆞ는 ᄃᆡ로만 하면 올흔지라. 염여 말고 드러가ᄌᆞ."

하며 누차 청하니 셩운이 할일업셔 호원을 ᄯᅡ라 ᄂᆡ당을 드러가니 호원의 모친 증 씨가 즁당의 자리을 포지[425]하고 마ᄌᆞ 들어가거날 셩운이 부글엄[426]을 참고 즁당의 좌증[427]하니 증 씨 쥬찬[428]을 ᄂᆡ여노코 시비을 불너 쥬찬을 권한 후에 셩운다려 일너 왈,

"그ᄃᆡ의 근본과 젼후 힝지는 호원의게 다 드럿스니 말할 거시 업거니와 ᄂᆡ 일즉 ᄯᆞᆯ을 두엇더니 연긔가 이십 세라. 그ᄃᆡ의게 종신ᄃᆡᄉᆞ[429]을 부탁하나니 비루하다 말을 말고 언약을 ᄆᆡᆺ지소서."

하거날 셩운이 마지 못하여 고ᄀᆡ을 들고 ᄭᅮ러안져 ᄃᆡ왈,

"날 갓튼 드러온 아희을 어엽비 보시고 그러한 막즁한 말삼을 하시니 은혜 감격한지라. 읏지 감히 말삼을 봉힝[430]치 안이 하올잇가만은 부모와 형졔을 모르게 ᄒᆞ고 셩혼하기가 극히 미안하여이다. 언약이나 ᄆᆡᆺ고 갓다가 이후의 부친게 고하고 도라와 셩예하리라."

하니 증씨도 남의 효셩을 막지 못할 쥴 알고 즉시 호원으로 하여금 별당의 드러가 맛뉘 형옥을 불너 오라 한ᄃᆡ, 호원이 드러가 맛뉘게 ᄒᆞ여[431] 왈,

"즁당의 손님이 와서 눈님[432]을 보ᄌᆞ ᄒᆞ오니 밧비밧비 가ᄉᆞ이다."

한ᄃᆡ 형옥이가 우스며 ᄭᅮ지져 왈,

---

424) 매사(每事)는 간주인(看主人)이라 : 모든 일은 주인 마음이라는 뜻.
425) '포진'의 오기인 듯. 포진(鋪陳) : 잔치 따위를 할 때 앉을 자리를 마련하여 깖.
426) 부끄럼.
427) 좌정(坐定) : 자리를 잡아 앉음.
428) 주찬(酒饌) : 술과 안주.
429) 종신대사(終身大事) : 평생에 관계되는 큰일이라는 뜻으로, '결혼'을 이르는 말.
430) 봉행(奉行) : 웃어른이 시키는 대로 받들어 행함.
431) '하여'의 오기이다.
432) 누님.

"엇더한 ᄉᆞ람이 나을 보ᄌᆞᄒᆞ

47쪽

ᄂᆞᆫ고?"

호원이 쏘 우스며 왈,

"우리 집 ᄇᆡᆨ년손님[433] 보ᄌᆞ."

ᄒᆞᆫᄃᆡ, 형옥이 붓그럼을 먹음고 슈상이 여겨 다시 ᄃᆡ답지 아니하고 아오[434] 형운을 다리고 바독노키을 다토ᄂᆞᆫ지라. 호원이 다시 간쳥 왈,

"어만님 부르시니 밧비 가ᄉᆞ이다."

한ᄃᆡ 형옥이 마지 못하여 의복을 단졍이 슈습하고 시비을 불너 압세우고 즁당으로 나가더니 눈을 드러 즁당을 바라보니 젼의 보지 못하든 아희가 모친을 ᄃᆡ하여 안졋거날, 조금도 놀ᄂᆡ지 안이하고 쳔연이 즁당의 올나 안지니 호원이 우스며 왈,

"우리 눈님은 웃지 져리 진즁[435]한고?"

하며 무슈이 희롱하니 형옥이 더옥 붓그럼을 이긔지 못하여 하더라. 셩운이 소져의 나옴을 보니 얼골이 형산ᄇᆡᆨ옥갓고 낙셩도화가 츈풍의 피엿ᄂᆞᆫ 듯 쳔상션녀가 하강한 듯 진속ᄐᆡ토[436]ᄂᆞᆫ 업ᄂᆞᆫ지라. 심신이 황홀하야 아모리 할 쥴 모로다가 소졔가 즁당의 올나 안질 지음의 쳔연이 이러낫다 다시 안지며 소져다려 왈,

"나ᄂᆞᆫ 팔ᄌᆞ가 궁곤[437]하여 부모와 형졔을 다 일코 무의무탁하여 일신이 표박하여 방방곡곡 단이며 비러먹ᄂᆞᆫ 아희을 ᄀᆞᄃᆡ 무친게압셔 이갓치 드러

---

433) ᄇᆡᆨ년손님 : 한평생 두고 늘 어려운 손님으로 맞이한다는 뜻으로, 사위를 이르는 말.

434) 아우.

435) 진중(鎭重) : 무게가 있고 점잖음.

436) 진속태토(塵俗胎土) : 속세의 조그마한 더러움을 비유하는 말.

437) 궁곤(窮困) : 생활이 궁하고 어려움.

온 ᄉᆞ람을 도로혀 귀이 보시고 그ᄃᆡ의 귀하신 몸을 부탁하시니 황공하온들 ᄂᆡ 엇지 그

48쪽

말삼을 그역[438]하오릿가. 길이 밧부거니와 한 번 가면 소식이 망연할지라. 잠간 언약이나 밋고 가랴 하나이다."

쇼져 그 말을 듯고 슈교[439]한 마음은 둘 ᄃᆡ 업시나 이 지경이 발셔 되엿스니 한 말도 업시 보ᄂᆡ리요. 아미을 수기고 옥잠[440]을 ᄊᆡ여 쥬며 왈,

"이 빈여 일홈언 죽절이오니 여ᄌᆞ의 마암도 죽절[441]과 갓치 하나이다."

셩운이 죽절을 바다가지고 반을 썩거 주며 왈,

"ᄂᆡ가 이번 가면 ᄉᆞ히팔방[442]의 소식이 망방연할지라. 아모 ᄯᆡ라도 일노 신[443]을 표하ᄉᆞ이다."
하고 인하여 하직하고 셔로 이별하는 마암이야 셥셥하기 측양 못할너라.
셩운이 외당의 나와 호원다려 일너 왈,

"ᄂᆡ 이 길노 가면 우리 부친이나 ᄎᆞᄌᆞ보압고 아모ᄃᆡ로 가셔 ᄌᆡ조을 ᄇᆡ우고 시졀을 기다리여 원슈을 갑흐리라."

이별한 후의 단셩ᄉᆞ로 올나가더니 즁간의 가다가 단셩ᄉᆞ의 도젹이 이러나 졀을 소화[444]하엿단 말을 듯고 올나가 쓸ᄃᆡ업다 ᄒᆞ고 강남으로 가드니 여러[445] 만의 부친 젹소의 다다르니 김 상서는 ᄌᆞ식 남ᄆᆡ을 ᄉᆡᆼ각하여 인하

---

438) 거역(拒逆) : 윗사람의 뜻이나 지시 따위를 따르지 않고 거스름.
439) 수괴(羞愧) : 부끄럽고 창피함.
440) 옥잠(玉簪) : 옥비녀.
441) 죽절(竹節) : 대나무의 절개.
442) 사해팔방(四海八方) : 온 세상의 여러 방면.
443) 신(信) : 신표(信標). 뒷날에 보고 증거가 되게 하기 위해 서로 주고받는 물건.
444) 소화(燒火) : 불에 태우거나 사름.
445) '날'자가 빠졌다.

여 병이 되어 빅약이 무효흔지라. 문 압희 드러가 복지통곡 왈,

"불효ᄌ 셩운이 왓는이다."

한딕 김 상셔 병셕의 누엇다가 그 말을 듯고 놀닉여 일어나 안찌도 못하고 눈물을 흘

49쪽

니며 정신을 ᄎ려 왈,

"셩운아, 셩운아. 엇지 이곳의 왓는야? 너의 뉘[446]도 아직 무ᄉ이 잇는야?"

한딕 셩운이 더옥 통곡하고 뉘의 일을 젼후 말을 낫낫치 알왼딕 김 상[447] 더옥 통곡하더라. 인하여 슈삼 일만의 세상을 바리신니 쳔지간 이러흔 망극한 일이 또 어딕 잇시리요. 셩운이 누차 긔졀하엿다가 정신을 ᄎ려 호통한들 ᄉᄌ는 불가부싱이라[448]. 무삼 말을 다시 하리요. 셩운이 망극함을 이긔지 못하다가 초상을 예로 치루고 그 근쳐 산직[449]을 구하여 권폄[450]하고 젹소의셔 삼 년을 나려하드니 일일은 장막[451]의셔 잠간 조흐드니 비몽사몽간 엇더한 노인이 단여장을 집고 와셔 셩운다려 일느[452] 왈,

"셩운인야, 안인야? 나는 영능 싸의 ᄉ는 임 진ᄉ의 장인 손 틱부하는 일너니, 지금 남희 경능도 영은ᄉ 션관이 되엿노라. 네가 이곳의셔 삼 년을 나랴하다가는 딕환[453]을 당할 거시니 이 길노 도망하여 남히로 가면 빅가

---

446) 누이.
447) '서'자가 빠졌다.
448) 사자(死者)는 불가부생(不可復生)이라 : 죽은 사람은 다시 살려낼 수 없다는 말.
449) 산직(山直) : 산지기.
450) 권폄(權窆) : 좋은 묘를 차릴 때까지 임시로 장사지냄.
451) 장막(帳幕) : 한데에서 볕 또는 비바람을 피할 수 있도록 둘러치는 막.
452) 일러.
453) 대환(大患) : 큰 근심이나 재난.

잇실 거시니 그 ᄇᆡ을 타고 ᄇᆡ가 가ᄂᆞᆫ ᄃᆡ로 두고 가라. 만일 그러치 안이하면 ᄃᆡ환을 당하라라."

하고 간ᄃᆡ업거날 ᄭᆡ다르니 일장츈몽[454]이라. 고이한 일노 알고 ᄯᅩᄒᆞᆫ 이젼 부친의게 영은ᄉᆞ 션관의 말슴을 드럿ᄂᆞᆫ지라[455]. 마암이 산란[456] 부친 산소의 가셔 통곡하고 즉시 길을 ᄯᅥᄂᆞ 남ᄒᆡ을 다다르니 과연 일엽편쥬가 잇거날 마암의

50쪽

신긔하야 ᄇᆡ예 올나 안지니 순풍이 이러나며 ᄇᆡ을 인도하야 순식간의 수쳔리을 ᄒᆡᆼ하ᄂᆞᆫ지라. 마암 두렵드니 한 곳에 다다르니 공산[457]이 잇스되 산세가 수여[458]하고 초목이 울밀[459]하여 산의셔 두유[460]ᄒᆞ더니 문득 그 산으로 청의동ᄌᆞ[461]가 ᄇᆡᆨ학을 타고 나려오거날 고히 여겨 ᄌᆞ세이 보니 그 동ᄌᆞ 갓차이 와셔 셩운다려 일너 왈,

"우리 션관이 그ᄃᆡ을 모시고 오라 하기로 왓스니 밧비 드러가ᄌᆞ."

하거나 그 동ᄌᆞ을 ᄯᅡ러 올나가니 잔잔한 물 소ᄅᆡᄂᆞᆫ 곳곳시 폭포되고 연연ᄒᆞᆫ ᄉᆡ 소ᄅᆡᄂᆞᆫ 봉봉[462] 슬피 우니 진짓 션경이요, 별건곤[463]일너라. 그럭져럭 올나가니 한 곳의 궁궐이 노푸거날 그 집을 살펴보니 그 안의 ᄒᆞᆫ 션관이

---

454) 일장춘몽(一場春夢) : 한 바탕의 봄꿈이라는 뜻으로, 덧없는 일을 비유적으로 이르는 말.

455) 들었는지라.

456) '하여'가 빠졌다.

457) 공산(空山) : 사람이 없는 산중.

458) 수려(秀麗) 빼어나게 아름다움.

459) 울밀(鬱密) : 나무 따위가 무성하게 우거져 빽빽함.

460) 주유(周遊) : 두루 돌아다니며서 구경하며 놂.

461) 청의동자(靑衣童子) : 신선의 시중을 든다는 푸른 옷을 입은 사내아이.

462) 봉봉(峯峯) : 봉우리 봉우리마다.

463) 별건곤(별건곤) : 우리가 살고 있는 이 세상 밖의 다른 세상.

여러 션관을 다리고 안졋다가 셩운이 옴을 보고 반겨 나와 붓드러 드리거날 마암의 황공하야 드러가 복지ᄉ빅[464] ᄒᆞᆫᄃᆡ 그 선관이 못ᄂᆡ ᄉ랑하여 이로ᄃᆡ,

“네 신세가 ᄀ장 가련ᄒᆞᆫ지라. 세상의ᄂᆞᆫ 빅울 거시 업기로 ᄂᆡ가 너을 청하엿스니 이곳에셔 ᄌᆡ조을 빅와 가지고 세상의 나가 원슈을 갑흐라.”

하거날 셩운이 그 말을 드르니 더욱 감ᄉ하야 부복[465] 답왈,

“소ᄌ갓치 빈츤[466]한 인싱을 드럽다 아니하시고 ᄌᆡ조을 빅와 아비 원수 갑게 하라 하시니 더욱 감황무지[467]로소이다.”

하고 인하여 그 곳의셔 ᄌᆡ조을 빅우고 션경의셔

51쪽

슈삼 년을 지ᄂᆡ니 심히 쳔하의 당할 ᄉ람이 업고 쳔상의 쓰ᄂᆞᆫ 용밍과 ᄌᆡ조가 쳔만고[468]의 비할 ᄃᆡ 업고 문장과 명필은 니ᄐᆡ빅[469]과 왕희지[470]의 지나더라. 겸하야 신션의 쓧슬 빅와시되 변화가 무궁하여 인간 ᄉ람과 판연[471]이 다르드라. 그럭져럭 숨 년을 빅우니 나히 십구 세라. 그 신션게 엿ᄌ오되,

“소자가 세상의 나가 부친의 원슈을 갑고ᄌ 하니 지금 나가와도 원슈을 갑흘잇가?”

한ᄃᆡ 션관 왈,

“이졔ᄂᆞᆫ 세상의 나가면 쳔ᄒᆞ의 너 당할 ᄌ도 업신[472]거시니 나가라.”

---

464) 복지사배(伏地四拜) : 땅에 엎드려 네 번 절함.
465) 부복(俯伏) : 고개를 숙이고 엎드림.
466) 빈천(貧賤) : 가난하고 천함.
467) 감황무지(感惶無知) : 감격스럽고 황송하여 어찌해야 할 지를 모름.
468) 천만고(千萬古) : 아주 오랜 옛적부터 지금까지.
469) 이태백(李太白) : 중국 당(唐)나라 때의 시인.
470) 왕희지(王羲之) : 중국 진(晉)나라 때의 서예가.
471) 판연(判然) : 아주 명백하게 드러나 있는 모양.
472) ‘업실것이니’의 오기이다.

하거늘 그제야 션관게 ᄒᆞ직하고 나올ᄉᆡ 다시 션관게 엿ᄌᆞ오되,

"혹시 못ᄇᆡ온 거시 잇신가 염여하노이다."

션관 왈,

"염여 말고 나가라. 더 ᄇᆡ올 거시 업는이라."

ᄒᆞᆫᄃᆡ 모든 션관게 하직하고 나오니 여러 션관이 하직하여 왈,

"다시 만나 보지 못하것스니 셥셥되기 그지 업다."

하며 션경 보ᄇᆡ을 다 각각 정표[473]하더라. 인하야 ᄒᆡ변의 다다러 ᄇᆡ을 타고 풍ᄇᆡᆨ[474]을 호령하니 ᄇᆡ가 화살 갓흔지라. 순식간의 육지의 다다는지라. ᄇᆡ의 나려 강남으로 와서 부친 산소의 셩묘하고 광쥬로 ᄒᆡᆼ하드니.

각설 잇ᄯᆡ의 계양 월유촌 남 도독의 아들 슈경이 편지을 단셩ᄉᆞ의 붓치고 셩운 오기을 기다리드니 하인이 드러와 엿ᄌᆞ오되,

"그 아희 읍기로 그 절 즁다려 물은즉, 즁이 가로ᄃᆡ 아모날 밤의 부치거쳐[475]하여이다."

52쪽

ᄒᆞᆫᄃᆡ 슈경이 놀ᄂᆡ여 한탄을 무수이 하고 ᄂᆡ당의 드러와 김 소져게 통긔하니 김 소져 마암이 낙막[476]하여 동ᄉᆡᆼ 보고ᄌᆞᄒᆞᆫ 마음이 ᄉᆡ로 더하더라. 무정ᄒᆞᆫ 세월을 근심으로 보ᄂᆡ더라. 슈경의 모친이 김 소져을 집의 두고 볼소록 긔묘[477]ᄒᆞᆫ지라. 졍영이 후일의 귀히 될 쥴 알고 며나리 삼을 ᄯᅳ시 잇셔 시시로 별당의 드러가 그 ᄯᅳ슬 뵈인ᄃᆡ 김 소져 ᄒᆞᆫ숨지고 엿ᄌᆞ오ᄃᆡ,

"ᄉᆡᆼ아ᄌᆞ도 부모요, 양아ᄌᆞ도 부모라.[478] 그 말삼을 봉ᄒᆡᆼ치 안이 하올잇

---

473) 정표(情表) : 간절한 정을 드러내 보이기 위해 물품을 줌.

474) 풍백(風伯) : 바람을 주관하는 신.

475) 부지거처(不知去處) : 간 곳을 알지 못함.

476) 낙막(落寞) : 마음이 쓸쓸함.

477) 기묘(奇妙) : 생김새 따위가 기이하고 묘함.

478) 생아자(生我者)도 부모요, 양아자(養我者)도 부모라. : 낳아 주신 분도 부모요,

가. 그러나 부모도 모르게 셩혼하기는 어렵ᄉᆞ와이다. 언약이나 하ᄉᆞ이다."
하니 쥬 부인이 ᄃᆡ희하야 셔로 표젹을 바드라 하ᄃᆡ 김 쇼져 옥지환 ᄒᆞᆫ 짝을 쎅여 쥬거날, 부인이 슈경을 옥지환을 쥬며 왈,

"너도 무슴 표젹을 쥬라."

하니, 슈경이 ᄯᅩᄒᆞᆫ 손의 쥐엿든 부칙의 글 ᄒᆞᆫ 귀을 써 쥬니 그 글의 하엿시되,

'학은삼경월이요, 용잠만리운이라.'[479]

써쥬니 김 소져 바다보니 졍영이 후일의 귀이 될 쥴 알고 ᄯᅩ 글 한 귀을 지어 슈경을 쥬니 그 글의 하엿시되,

'셜니창송은 능보졀이요, 월즁단계는 ᄌᆞ싱향이라.'[480]

하엿스니 슈경이 그 글을 보고 긔상을 층찬하더라. 인하여 남 소져가 바독 두기을 다토다가 탄왈,

"김 소져 바독 슈[481]는 과연 신션의 슈단이요, 인간의 젹슈가 안일너라."

하고 동싱을 불러 안치고 왈,

53쪽

"너 평싱의 바독 잘 둔다 하니, 오날 김 소져와 ᄃᆡ국하여 보아라."

ᄒᆞᆫᄃᆡ 김 소져 우셔며 고기을 숙이더라. 남 소져 고집하여 쳥한ᄃᆡ 김 소져 마지 못하야 바독판 압희 나와 안거날 슈경이 김 소져의 바독 두랴 하는

길러주신 분도 부모이다.

479) 학은삼경월(鶴隱三更月)요, 용잠만리운(龍潛萬里雲)이라 : 학은 깊은 밤 달 사이에 숨었고, 용은 긴 구름 속에 잠겼네. 남자가 큰 뜻을 품고 있음을 비유적으로 표현한 말.

480) 설리창송능보절(雪裏蒼松能保節)이요 월중단계자생향(月中丹桂自生香)이라 : 눈 속의 푸른 소나무는 능히 절개를 지키고 달 속의 붉은 계수나무는 스스로 향을 내네. 여자의 절개를 비유적으로 표현한 말.

481) 수(手) : 바둑이나 장기 따위를 두는 기술, 또는 그 수준.

뜻슬 보고 딕희하여 판을 딕하여 바독을 노흘시 흥을 이긔지 못하여 소믹을 것고 빅옥 갓튼 손을 들고 바독 두는 소릭 졍졍하여 법슈[482]가 문문할 추의 슈경이 그짓 잘못 노코 물너달나 하니 김 소져 완거장부[483]하다가 일너 왈,

"유진무퇴[484]라, 혼 번 노코 엇지 무르리요. 만일 무르랴 할진딕 결단코 바독을 안이 두리라."

슈경이 희희딕쇼 왈,

"즈퇴즈는 불승이라.[485] 닉 진 거시 아니라."

하더라. 그럭져럭 지닉드니.

차설 틱위 유경만이 김 소져가 남 도독 집의 잇단 말을 듯고 스람을 보닉여 김 소졔게 긔별하되,

'닉의 며나리 되면 낭즈의 부친을 살일려니와 그러치 안이 하면 억지로 다려오리라.'

하엿거날 김 소져 긔별 듯고 딕경하여 싱각하되,

'이곳의 잇다가는 딕환을 당하리라. 미리 도망함이 올타.'

하고 시비 연향을 다리고 쥬 씨와 슈경 남믹을 하직하고 도망하여 강남으로 가셔 부친이나 만나보고 죽으리라 하고 가다가 광주 셔양 쥬졈의 가셔 의복 가라입고 쥬졈의셔 자더니라.

추시에 용문동 윤 승지딕 호원이

54쪽

셩운을 이별하고 다시 못보아 쥬야로 한탄하더니 일일은 호원이 둘직 뉘을

482) 법수(法手) : 바둑이나 장기 따위에서 속임수라 홀림수를 쓰지 아니하고 정당하게 두는 기술.

483) 완거장부(頑拒長否) : 완강히 거절하며 오랫동안 받아들이지 않음.

484) 유진무퇴(有進無退) : 앞으로 나아가면 뒤로 물러설 수 없음.

485) 자퇴자(自退者)는 불승(不勝)이라 : 스스로 물러난 자는 이기지 못한 것이다.

다리고 외조부 한갑[486]잔치 갓다가 셔양 쥬졈의셔 자더니 김 소져 연향 다리고 쥬졈의 잇다가 일모셕양[487]의 그 이웃 쥬막의 닉힝[488]이 든다 하거날 연향이 나가 귀경하드니 닉힝 드난 양을 보고 우의찬란[489] 즁의 표연[490] 흔 남ᄌ 딕마을 타고 그 뒤의 짜라시되 그 아희 얼골이 빅옥을 싹근 듯하여 ᄉ람을 놀닉는지라. 쏘 닉힝을 ᄌ서이 보니 교ᄌ을 쥬막의 딕이고 교ᄌ 안으로셔 흔 ᄎᄌ 나오는 양을 보니 만고절식[491]인 듯하더라. 연향이 즉시 도라와셔 김 쇼져게 그 ᄎᄌ의 말을 낫낫치 하니 김 소져 그 말을 듯고 문왈,

"누 집 닉힝이라 하든야?"

연향이 고왈,

"광쥬 윤 승지딕 닉힝이라 하든니다."

김 소져 즁심의 헤오딕,

'남 도독 ᄌ제가 나를 이별하고 심회을 증치 못할 거시오, 쏘 닉가 도라오지 못하게 되면 남 도독의 아들이 병이 나리라. 그 ᄎᄌ가 경영 절식[492]일진딕 남 도독딕으로 혼인을 되게 하여 남 공ᄌ의 심회을 풀게 하리라.'

하고 잇튼날 아참의 그 닉힝이 써날 ᄯᅢ을 기다려 압 길가의 나가 우물가의셔 손을 씻고 안졋드니 그 닉힝이 압흐로 지닉다가 말 타고 뒤에 짜러가든 아희가 김 소져을 잠간 보고

---

486) 환갑(還甲).

487) 일모석양(日暮夕陽) : 해가 저무는 저녁 때의 햇빛. 또는 그런 때.

488) 내행(內行) : 부녀자가 여행길에 오름. 또는 여행길에 오른 부녀자,

489) 위의찬란(威儀燦爛) : 태도나 차림새가 화려하고 아름다움.

490) 표연(飄然) : 바람에 나부끼는 모양이 가벼움.

491) 만고절색(萬古絶色) : 세상에 비길 데 없이 아름다운 미인.

492) 절색(絶色) : 견줄 데 없이 빼어나게 아름다운 여자.

55쪽

마음의 층찬 왈,

'지금 세상의 어딕셔 져런 인물이 잇는고?'

하고 말게 나려 김 소져 안진 곳의 와 문왈,

"그딕가 뉘 집 ᄉᆞ람인야?"

김 쇼져 답왈,

"무삼 연고로 뭇ᄂᆞ야?"

호원이 답왈,

"나도 아희로셔 그딕 용모가 비범함을 보고 친구을 증코져 하여 문노라."

ᄒᆞᆫ딕 김 쇼져 딕왈,

"나ᄂᆞᆫ 게양 월유촌 남 도독딕 아들이노라."

호원이 왈,

"일후의 다시 만나 볼 씩 잇스리라."

하고 하직하며 즉시 말을 타고 가더라. 호원이 그 길로 도라가 모친게 엿ᄌᆞ오딕,

"이번 길에 믹우[493]될 ᄉᆞ람을 하나 보고 도라왓나이다."

ᄒᆞᆫ딕 증 씨 자셔이 문왈,

"누 집 아들이며 ᄉᆞ람이 읏더하든야?"

딕왈,

"게양 월유촌 남 도독의 아들이라 ᄒᆞᄂᆞᆫ 아희을 길의 만나 보왓ᄉᆞ오니 그 용모ᄂᆞᆫ 천ᄒᆞ의 졔일이요, 쏘 면상[494]의 화긔[495]가 윤윤하여 일후 졍영 귀이 되리라."

증 씨 깃거하여 즉시 남 도독딕의 청혼ᄒᆞ니 슈경의 모친 쥬 씨 답왈,

---

493) 매우(妹偶) : 누이의 짝. 곧 매부(妹夫).

494) 면상(面相) : 얼굴의 생김새.

495) 화기(和氣) : 온화한 기색.

"변변치 못한 ᄌᆞ식을 두어 존문[496]의셔 청혼하시니 감격하압거니와 외정[497]이 아모도 아니 게시고 ᄯᅩᄒᆞᆫ 맛ᄌᆞ로 ᄯᆞᆯ이 잇ᄉᆞ오니 여식을 셩혼한 후에 ᄎᆞᄎᆞ 셩혼하랴 ᄒᆞ오니 감히 청ᄒᆞ나이다. 슈경을 기다려 셩혼함이 엇더하온잇가?"
ᄒᆞ엿더라. 증 씨가 답셔을 보고 ᄉᆡᆼ각하되,
'남 도독의 아들이 과연 현쳘[498]할진ᄃᆡ 슈년을 ᄎᆞᆷ어도 혼

56쪽

인을 다르ᄃᆡ 증되 말지라.'
하고 기다리더라.

각설 잇ᄯᆡ의 셩운이 광쥬을 ᄒᆡᆼ하다가 길을 일어 심심궁곡[499]의 드러가드니 날이 져물어 셕양이 ᄌᆡ산한지라. 문득 드르니 층암절벽 우의셔 노ᄅᆡ하는 소ᄅᆡ 들니거날 마음의 놀ᄂᆡ여 드르니 그 곡조의 하엿시되,
'청산의 집을 짓고 ᄇᆡᆨ운으로 졍ᄌᆞ 삼어 지초[500]을 ᄏᆡ여 먹고 풍월을 희롱할제 소부허류[501] ᄶᆞᆨ이 되어 긔순영슈[502] 노자스니 쳔운[503]이 망극하여 ᄃᆡ명[504]이 경복[505]이라. 신쥬가 육침[506]하니 육마간신[507]이 엇잔인고, ᄃᆡ명

---

496) 존문(尊門) : 남의 집안을 높여 이르는 말.
497) 외정(外丁) : 남자 어른.
498) 현철(賢哲) : 어질고 사리에 밝음.
499) '심산궁곡(深山窮谷)'의 오기이다.
500) 지초(芝草) : 영지(靈芝).
501) 소부허유(巢父許由) : 부귀영화를 좇지 않는 사람을 일컫는 말. 중국의 요 임금이 허유에게 천하를 주겠다고 하자 허유가 더러운 말을 들었다고 강물에 씻었는데 소부가 허유가 귀를 씻은 더러운 물을 소에게 먹일 수 없다고 소를 도로 끌고 갔다는 데서 유래하였다.
502) 기산영수(箕山潁水) : 중국 요 임금이 허유에게 천하를 주겠다고 하자 허유가 숨어든 기산과 그곳에 흐르던 영수라는 강.
503) 천운(天運) : 하늘이 정한 운명.
504) 대명(大明).

쳔지 쳥명세에 식토식민 되엿시나 산즁의 은즈[508]되니 닉의 좃치 안이로다. 신히 이윤[509]되야 부평용당할 씩로다. 남양[510]의 공명[511]되야 초당춘슈[512] 어인일고. 풍의각지 붓쳐노코 졔세만민[513] 하여볼가.'

하엿더라. 셩운이 이윽히 듯다가 스람은 분명 경윤[514]과 도약[515]이 잇는지라. 가셔 보리라 하고 층암절벽으로 올나가니 쳥송하반셕상[516]의 쳥의동즈 안자거날 그 겻히 가 안지니 그 동즈 문왈,

"그딕는 어딕 잇난 스람이관딕 이곳에 왓는야?"

셩운이 딕왈,

"동셔남북의 어더 먹는 아희드니 쳔리타향의 길을 일코 이곳의 이르럿노라."

하고 문왈,

"그딕는 무슴 연고로 이 심산궁곡의 와셔 혼즈 잇는야?"

그 아희 답왈,

---

505) 경복(傾覆) : 기울어져 엎어짐.
506) 육침(陸沈) : 현인이 속세에 숨어 삶.
507) 육마간신(六馬奸臣) : 육마는 임금의 수레를 비유적으로 이르는 말로, 육마간신이라 임금 곁에 있는 간신을 말함.
508) 은자(隱者) : 벼슬을 하지 않고 숨어 사는 사람.
509) 이윤(伊尹) : 중국 은나라 때 전설상의 이름난 재상으로 탕왕을 도와 하나라의 걸왕을 멸망시키고 선정을 베풀었다고 함.
510) 남양(南陽) : 중국의 하남성(河南省) 남서부에 있는 도시.
511) 남양(南陽)의 공명(孔明) : 남양 땅에 은거하던 제갈공명.
512) 초당춘수(草堂春睡) : 작은 초가집과 봄철의 노곤한 졸음. 즉 한가롭게 지내는 삶을 비유적으로 이르는 말.
513) '제세안민(濟世安民)'의 오기이다. 제세안민 : 세상을 구제하고 백성을 편안하게 함.
514) 경륜(經綸) : 일정한 포부를 가지고 일을 조직적으로 계획함, 또는 그 계획이나 포부.
515) 도략(度略) : 꾀를 부리는 일이나 그런 재주.
516) 청송상반석하(靑松下盤石上) : 푸른 소나무 아래와 넓고 평평한 바위 위.

"세상을 실어하여 원학을 벗슬 삼고 암혈[517] 간의

57쪽

노즈 하노라."

셩운이 우셔 왈,

"딕명쳔하의 빅셩이 되엿다가 존말[518]이 일조[519]의 되얏거날 읏지 장부의 마암으로 국가의 보존치 안이하고 일편[520] 쳥순의 놀기만 조와하리요."

그 아희 우연 탄식하고 셩운의 손을 잡고 일느 왈,

"그딕의 말을 드르니 닉의 뜻 갓도다."

하고 인하여,

"닉 집으로 가즈."

하거날 그 아희을 싸러가드니 흔 곳의 이르니 녹죽창숑이 울울창창한 가온딕 수간모옥[521]이 잇거날 싸러 드러가니 흔 노인이 유건을 씨고 학창의을 입고 셔안의 비겨 안졋다가 셩운이 옴을 보고 관을 증졔하고 서안을 밀쳐노코 셩운을 드러오라 하거날 셩운이 드러가 스빅하고 안즈니 그 노인이 문왈,

"너 어딕 잇는 아희며, 무삼 연고로 이곳의 왓는요?"

셩운이 공슌 답왈,

"소즈는 본딕 김 상셔의 아들이압드니 가운이 불힝하와 부모을 일즉 일코 의탁할 곳 업셔 증쳐 읍시 다니다가 길을 잘못 드러 이곳의 왓나이다."

노인 왈,

---

517) 암혈(巖穴) : 석굴.
518) 존말(存末) : 계속 존재할지 없어질지.
519) 일조(一朝) : 갑작스럽도록 짧은 사이.
520) 일편(一便) : 한편.
521) 수간모옥(數間茅屋) : 몇 칸 안 되는 작은 초가.

"네 그동[522]을 보니 범상ᄒᆞᆫ ᄉᆞ람은 안이라. 후일에 분명 귀이 될 거시니 ᄌᆡ조 ᄇᆡ운 거시 잇난야?"
하거날 셩운이 ᄃᆡ왈,
"남히 경능도 영은ᄉᆞ 도ᄉᆞ의[523] ᄃᆡ강 ᄇᆡ웟난이다."
ᄒᆞ거날 ᄯᅩ 가로ᄃᆡ,
"ᄂᆡ 집의 잇ᄂᆞᆫ 아희와 ᄒᆞᆫ가지 세상의 나가 나라을 도와 공명을 이루라."
하거날 셩운이 왈,
"이 집의 잇ᄂᆞᆫ 아희ᄂᆞᆫ 뉘 집 아희며 나희ᄂᆞᆫ 몃치며, 무슨 연고로 이곳의 와 잇ᄂᆞᆫ잇가?"

58쪽

노인이 왈,
"그 아희ᄂᆞᆫ 황도 ᄯᅡ의 사는 니 승지의 아들이러니 일홈을 학녹이오, 나희ᄂᆞᆫ 십칠 세라. 가운이 불길하와 부모와 형제을 일코 의지할 곳 업시 단이다가 이 산즁의 드러왓거날 그 아희 상을 보니 일후의 귀히 될 듯하기로 지금가지 ᄂᆡ 집의 두고 ᄌᆡ죠을 가라치드시 이졔 너을 보니 ᄒᆞᆫ가지 공명을 세울 듯ᄒᆞ와 너와 ᄒᆞᆫ가지 세상의 보ᄂᆡ니 부ᄃᆡ 동심합역[524]하여 일홈을 빗ᄂᆡ여 쥭박의 올이게 하라."
셩운이 공슌이 그 명을 듯고 학녹을 다리고 세상의 나갈ᄉᆡ 그 노인게 하직하고 나오니 노인이 누차 당부 왈,
"남을 넘어 경이[525] 여기지 말고 ᄉᆞ싱을 한가지 하여라."
인하여 츌문[526]하여 학녹다려 문왈,

---

522) 거동(擧動) : 몸을 움직이는 짓이나 태도.
523) '게'자가 빠졌다.
524) 동심합력(同心合力) : 한 마음으로 힘을 합함.
525) 경(輕)이 : 가볍게.

"이 산 일홈은 무어시며 그 노인은 엇듯훈 노인이야?"

학녹이 딕왈,

"그 노인은 남학산 도스요, 이 손 일홈은 남학산이라."

ᄒᆞ고 ᄒᆞᆫ가지 즁원[527]을 향하드니 호쥬의 이르러 딕셩졈이라 하는 쥬졈으로 드러ᄌᆞ더니 밤이 삼경은 되야 그 근쳐의 들이는 소릭 나거날 셩운이 이러나 학녹을 씨워 다리고 문젼의 나셔니 난딕읍는 ᄉᆞ람이 군복을 입고 말 두 필을 몰고 칼을 둘을 가지고 와 셩운게 졀하고 졀하고 엿ᄌᆞ오딕,

"소인은 본딕 남히 직히는 귀신이압드니 영은ᄉᆞ 션관이 분부하시되 말 두 필과 칼 두 기을 가져다가 셩운게

59쪽

드리라 하시기로 왓난이다."

셩운이 반겨 칼과 말을 보고 ᄉᆞ랑하여 말을 타고 칼을 들고 쥬졈의 드러가며 그 사람을 함긔 드러가ᄌᆞ 하니 간딕업더라. 인하야 잇튼날 칼 하나는 학녹을 쥬며 왈,

"션경 보금[528]이라. 상심[529]하여 씨라."

하고 ᄯᅩ 말 ᄒᆞᆫ 필을 쥬며 왈,

"븜상[530]한 말이 안이라 그 승품[531]을 아라 ᄉᆞ랑하여 슌케 ᄒᆞ라."

하고 다 각각 말을 타고 나오니 셩운의 탄 말 일홈은 비룡마[532]라 하고, 학녹의 탄 말 일홈은 젹토마[533]라 하고, 셩운이 찬 칼을 본딕 식겻시되 은월

---

526) 출문(出門) : 집을 떠남.

527) 중원(中原) : 경쟁하는 곳. 또는 정권을 다투는 무대.

528) 보검(寶劍) : 보배로운 칼.

529) 상심(詳審) : 꼼꼼하게 자세히 살핌.

530) 범상(凡常) : 중요하게 여길 만하지 않고 예사로움.

531) 성품(性品) : 성질이나 됨됨이.

532) 비룡마(飛龍馬) : 하늘을 나는 용처럼 날쌘 말을 이르는 말.

도라 하고 학녹의 칼은 본듸 싁엿시되 참ᄉᆞ금이라 하엿더라. 그 길노 향하든이라.

각설 ᄎᆞ시의 김 소져는 셔양 즘 슈변[534]의셔 윤 승지듸 아들을 보닉고 싱각하되,

'정영 윤 승지듸 아들과 남 도독듸의 혼인이 되리라.'

하고 연향을 다리고 강남을 향하야 촌촌젼진[535]하며 강남을 득달하여 촌ᄉᆞ의 드러가 촌ᄉᆞ람게 무러 왈,

"황도 ᄉᆞ람 김 상셔라 하는 이가 모년간[536]의 이곳의 귀양왓다 하드니 지금 어듸 잇는요?"

그 ᄉᆞ람이 일느 왈,

"늬가 김 상셔와 엇지 되는야?"

김 소져 왈,

"나는 곳 김 상서의 아달이로다."

그 노인이 갈오듸,

"네 신세을 보니 가련하다. 지금 틱위 유경만이가 김 상셔 아들 잇단 말을 듯고 강남 틱슈의게 분부하되 김 상셔의 아들이 정영 갈 것시니 자바 결박하여 보닉여라

60쪽

ᄒᆞ엿시니 이곳의 잇다가는 잡피여 갈 거시니[537]."

김 소져 문왈,

533) 적토마(赤土馬) : 매우 빠른 말을 이르는 말.
534) 수변(水邊) : 물가.
535) 촌촌전진(寸寸前進) : 조금씩 앞으로 나아감. 나아가는 속도가 매우 더딤을 이르는 말.
536) 모년간(某年間) : 아무해 사이.
537) '라'자가 빠졌다.

"도망은 하거니와 부친의 ᄉᆞ싱존망[538]이나 알고 도망할 거시니 잠간 가리치소셔."

ᄒᆞᆫᄃᆡ 그 ᄉᆞ람이 가로ᄃᆡ.

"김 상셔 이 골의셔 죽은 졔 삼 년이라."

ᄒᆞᆫᄃᆡ 김 소졔와 연향이 그 말을 듯고 긔절하엿다가 정신을 차려 다시 문왈,

"우리 션친 산소가 어ᄃᆡ온지 가라치소셔."

그 ᄉᆞ람이 말하되,

"김 상셔 죽은 ᄯᅢ의 그 아들이란 아희가 와셔 쵸상을 예로 치루고 모산하모좌향[539]의 장ᄉᆞ지ᄂᆡ고 어ᄃᆡ로 간 쥴 모른다."

하니 김 쇼졔 ᄂᆡ렴의 ᄉᆡᆼ각하되,

'셩운이 분명 죽지 안이ᄒᆞ고 사라도다.'

하고 부친 순소을 ᄎᆞ져가셔 축문지어 고혼[540]을 위로하고 그졔야 그 졔문[541]의 하얏시되,

'모년모월모일[542]의 불초여식[543] 셩희는 쥴글을 지어 부친 묘하와[544] 통곡지비하오니, 오호라, 아반님은 혼영[545]이 게시면 셩희 온 쥴 아르시고 부친님 평ᄉᆡᆼ 적악한 일 업건만은 ᄌᆞ식 남ᄆᆡ을 두고 무삼 죄로 셩혼하는 양을 못 보시고 천 리 강남의 젹막히 되얏ᄂᆞᆫ고? 평ᄉᆡᆼ 무ᄉᆞ하다도[546] 종명[547] 홀 ᄯᅢᄂᆞᆫ 죽기을 슬어하거든 하물며 아반님은 엇지 나히 만타 하야 무삼 일이

---

538) 사생존망(死生存亡) : 살아서 존재하는 것과 죽어서 없어지는 것.
539) 모산하모좌향(某山下某坐向) : 아무 산 아래 아무 방향.
540) 고혼(孤魂) : 의지할 곳 없이 떠돌아다니는 외로운 넋.
541) 제문(祭文) : 죽은 사람에 대하여 애도의 뜻을 나타낸 글.
542) 모년모월모일(某年某月某日) : 아무 해, 아무 달, 아무 날.
543) 불초여식(不肖女息) : 못나고 어리석은 딸.
544) '묘하(墓下)에 와서'의 오기로 보인다.
545) 혼령(魂靈) : 영혼.
546) '무사하다가도'에서 '가'자가 빠졌다.
547) 종명(終命) : 목숨을 다함.

귀하야셔 ᄌᆞ식 남미 영별하고 이곳의 와 고혼이 되단말가. 세상의 여ᄌᆞ는 ᄌᆞ식이 아니라 아바님 이리 오시졔[548] 육 넌의 세상을 바리시되 ᄎᆞᄌᆞ와 상면도 못ᄒᆞ압고 영별이 되엿ᄉᆞ오니 인간 불초가 ᄌᆞᄎᆞ막심[549]

61쪽

이로다. 유유황쳔아, ᄎᆞᄒᆞ인ᄉᆞ[550]오, 쳥산을 둘너보니 춘조[551]가 잠을 자고 황천을 ᄉᆡᆼ각하니 공산슈셩[552]ᄲᅮᆫ이라도. 오호라, 어ᄃᆡ 가셔 아반님 얼골 다시 볼고. 유명[553]이 다른지라. 모녀간 상면은 쳔츄[554]로 긔약하거니와 아반님, 아반님. ᄋᆡ고 ᄋᆡ고 아반님 영혼이 게시거든 셩운이 한 번 만나보게 하옵소셔.'

그 졔문 밋쳐 다 못하여셔 그 근쳐의 ᄉᆞ는 ᄇᆡᆨ셩이 바라보고 셔로 일너 왈,

"김 상셔 무덤 압희 엇더ᄒᆞᆫ 아희 와셔 슬피 통곡하니 분명 그 아들이라. 자바다가 관가 밧치면 즁상[555]을 바드리라."

하고 의긔가 양양하야 쒸여 와셔 연연ᄒᆞᆫ 약질[556]을 결박하니 소져 ᄋᆡ걸하되 죵시 듯지 아니하고 관가의 빗치거날[557] 틱수 하령하되,

"ᄆᆡ우 결박하여 황도로 보ᄂᆡ라."

ᄒᆞ니 관문[558] 하인이 영을 듯고 참바[559]로 김 소져와 연향을 질근 동여 ᄆᆡ니,

---

548) '오신제'의 오기이다.
549) 자차막심(咨嗟莫甚) : 한숨을 쉬며 한탄함이 이를 수 없이 심함.
550) 차하인사(此何人事)오 : 이 어찌된 일인가.
551) 춘조(春鳥) : 봄철의 새.
552) 공산수성(空山獸聲) : 인적 없는 산에 짐승 소리.
553) 유명(幽明) : 저승과 이승을 아울러 이르는 말.
554) 천추(千秋) : 오래고 긴 세월. 또는 먼 미래.
555) 중상(重賞) : 큰 상. 또는 상을 후하게 줌.
556) 약질(弱質) : 허약한 체질. 또는 그런 사람을 이르는 말.
557) '밧치거날'의 오기이다.

"이고, 이야, 나 죽긋ᄂᆡ."

연연ᄒᆞᆫ 약질이 엇지 능히 견ᄃᆡ리요. ᄌᆞ결하ᄌᆞᄒᆞᆫ들 수족을 동엿시니 죽을 수도 없는지라. 다시 ᄉᆡᆼ각한즉 이곳의셔 ᄌᆞ최 업시 죽은들 ᄉᆞ후의라도 누가 불상하다 하리요. 그럭져럭 죽을번 죽을번 ᄉᆞ라 잇스면 쳔ᄒᆡᆼ으로 완구[560]이 ᄉᆞ라는 날 묘ᄎᆡᆨ이 잇슬가 하야 게우 죽을 목심을 게우 보존하여 황도로 가드라.

각설 유경만이 남 도독 집의 김 소져 잇단 말을 듯고 ᄃᆡ희

62쪽

ᄒᆞ여 며나리 ᄉᆞᆷ을 뜻으로 통긔하엿드니 김 소셔 도망하엿단 말을 듯고 ᄃᆡ로하야 남 도독 모ᄒᆡᆼ하고 쳔ᄌᆞ게 참소하여 남 도독을 죽이[561] ᄎᆞ로 부른ᄃᆡ 남 도독이 긔별을 듯고 ᄌᆞ탄 왈,

"이제는 할일업시 ᄌᆞ식 남ᄆᆡ을 다시 보지 못ᄒᆞ고 죽것다."
하고 인하야 ᄌᆞ결하니 북방 관원이 남 도독ᄃᆡᆨ으로 통부[562]하고 쵸상을 예로 치루고 게양 월유촌으로 ᄒᆡᆼ상[563]을 ᄎᆞ려 보ᄂᆡ니라. ᄎᆞ시의 남 도독 죽은 통부가 게양의 이르니 쥬 씨와 슈경 남ᄆᆡ 망극함을 이긔지 못하여 누차 긔결하엿다가 정신을 게우 ᄎᆞ러 노복을 다리고 즁간의 가 ᄒᆡᆼ상을 맛져다가 션산 하의 안장하니라.

차설 유경만이 남 도독의 아들 잇단 말을 듯고 후환을 염여하여 게량 ᄐᆡ슈의게 관ᄌᆞ[564]ᄒᆞ여 남 도독의 권속[565]을 낫낫치 다 자바 죽이라 ᄒᆞᆫᄃᆡ

---

558) 관문(官門) : 관청을 이르는 말.
559) 참바 : 삼이나 칡 따위로 세 가닥을 지어 굵다랗게 드린 줄.
560) 완구(完具) : 빠짐없이 완전히 갖춤. 즉 온전하게.
561) '죽일'의 오기이다.
562) 통부(通訃) : 사람이 죽음을 알림.
563) 행상(行喪) : 상여.
564) 관자(關子) : 동등한 기관 사이에서나, 상급기관에서 하급기관으로 보내던 공

슈경이 그 모친 쥬 씨가 그 소문을 듯고 철천지원통[566]함을 참지 못하야 ᄌᆞ결하야 죽거날 슈경 남ᄆᆡ 더욱 망극하야 호쳔통곡[567]하다가 셔로 일너 왈,

"우리 남ᄆᆡ가 셔로 울기만 하다는 필경 잡혀가 죽을 거시니 누가 능히 우리 원수을 갑하쥬리요."

ᄒᆞ고 노복을 다리고 급히 쵸죵장ᄉᆞ[568]을 예로써 부친 산소의 합장하고 모야무지[569] 간의 남ᄆᆡ 도망하여 호쥬 짜의 다다러 쥬졈의 쉬우더니 ᄒᆞᆫ 노승이 바랑[570]을 둘너메고 지ᄂᆡ다가

63쪽

슈경을 보고 문왈,

"수자[571]ᄂᆞᆫ 어ᄃᆡ 잇ᄂᆞᆫ ᄉᆞ람이관ᄃᆡ 힝ᄉᆡᆨ이 져ᄃᆡ지 쳐량ᄒᆞᆫ고?"

슈경이 답왈,

"나는 망명도쥬[572]ᄒᆞᄂᆞᆫ ᄉᆞ람이라."

하니 그 즁이 이윽히 보다가 다시 문왈,

"져 겻희 안진 슈ᄌᆞ는 뉘시잇가?"

슈경이 왈,

"우리 형님이노라."

그 노승이 ᄌᆞ세히 보다가 이로ᄃᆡ,

문서.

565) 권속(眷屬) : 한 집안에 거느리고 사는 식구.

566) 철천지원통(徹天之冤痛) : 하늘에 사무칠 정도로 분하고 억울함.

567) 호천통곡(呼天痛哭) : 하늘을 우러러 부르짖으며 목 놓아 욺.

568) 초종장사(初終葬事) : 초상이 난 뒤부터 졸곡까지 치러지는 온갖 일이나 예식.

569) 모야무지(某也無知) : 이슥한 밤이라서 보고 듣는 사람이 없거나 알 사람이 없음.

570) 바랑 : 중이 등에 지고 다니는 자루 모양의 주머니.

571) 수자(修者) : 수행자. 흔히 스님이 일반 남성을 지칭할 때 사용하는 말.

572) 망명도주(亡命逃走) : 몸을 숨겨 멀리 도망함.

"수직는 남복을 입엇스나 여즈가 분명훈지라. 힝식이 쳐량하야 갈 곳시 읍는 듯하니 소승을 싸라 잠간이라도 잇스미 엇더훈온잇가?"

슈경이 고히 여겨 우리을 구할 즁이라 후고 즉시 허락하고 그 노승을 싸러 드러가니 여러 즁드리 나와 마자드리며 문왈,

"어딕 잇는 수직온잇가?"

슈경이 젼후말을 낫낫치 하니 모든 즁드리 슬푸다 하드라. 그졔야 슈경 다려 일너 왈,

"아모날 밤의 꿈을 꾸니 우리 졀 부쳐님이 일너 왈, '아모날 아모딕로 가면 불상훈 아희 둘이 잇슬 거시니 다려다가 졀의 두고 잔명을 보죤하게 하라.' 후시기로 그날 그곳의 가 잇다가 과연 슈직 남믹을 맛낫스오니 분명 이후 일의 크게 될 거시니 지금 궁곤함을 조금도 한탄 말고 씩을 기다리다."

슈경이 노승다려 문왈,

"이 산 일홈은 무어시며, 이 졀 일홈은 무어시라 후는요?"

노승 왈,

"산 일홈은 여산이요, 졀 일홈은 빅낙암이라."

하더라.

각설 추시의 용문동 윤 승지딕 아들 호원이 부친의 원슈 갑흘 뜻슬 두어 말 타기와 활 쏘기와 글 일기을 불쳘쥬야[573]

64쪽

한더니 틱위 유경만이 그 수문을 듣고 졍영 후힌될 듯히여 꾀쥬 딕슈의세 관즈하야 윤 승지 아들을 자바 올이라 하니 호원이 모친과 믹씨을 다리고 야간도주[574]하야 어딘 쥴 모르고 영슨[575] 빅낙암의 드러가니 모든 즁드리

573) 불철주야(不撤晝夜) : 어떤 일에 몰두하여 조금도 쉴 사이 없이 밤낮을 가리지 아니함.

574) 야간도주(夜間逃走) : 남의 눈을 피하여 한밤중에 도망함.

놀닉여 마즈 드러가거날 호원의 남믹 모친 모시고 드러가니 슈경 남믹 안졋다가 이라나거날[576] 호원이 즁다려 무러 가로딕,

"져 츳즈와 슈직가 뉘야?"

흔딕 즁들이 딕왈,

"게량 월유촌 남 도독딕 아기씨와 도련님이로소이다."

ᄒ니, 호원 짬작 놀닉여 왈,

"남 도독딕 도련님이 엇지 이곳이 왓ᄂ야?"

ᄒ고 드러가 슈경의 손을 잡고 왈,

"나는 용문동 윤 승지집 아들이로소이다."

하니 슈경이 더욱 반겨하여,

"이왕의 보든 못하엿시나 말슴은 드른 제 오릭지라."

ᄒ니 호원 왈,

"이왕의 보앗시나 본 제가 오릭고 기간에 활난[577] 즁 정신이 소삭[578]하여 그런 고로 정신이 의의[579]하도다."

슈경 왈,

"어딕셔 보앗든지 짐작지 못하것노라."

ᄒ니 호원이 우셔 왈,

"셔양 즘 물가의셔 보앗노라."

ᄒ니 슈경이 닉렴[580]의 괴상이 여기드라. 인하야 피츳의 젼후ᄉ셰을 다 설화ᄒ고 무슈이 스러하드라. 호원이 슈경다려 일너 왈,

"그딕는 닉의 믹부될 ᄉ람이라."

---

575) '여산'의 오기.

576) '이러나거날'의 오기이다.

577) 활란 : 환난(患難)의 옛말.

578) 소삭(消索) : 점점 줄어 다 없어짐. 또는 써 없앰.

579) 의의(依依) : 기억이 어렴풋함.

580) 내념(內念) : 마음 속의 생각.

ᄒᆞ며,

"우리 모친을 뵈오라."

ᄒᆞᆫᄃᆡ 슈경이 왈,

"셔ᄉᆞ[581]은 일즉 왕닉하엿시나 아즉 셩예을 안이ᄒᆞ고 그런 말삼 웃지 ᄒᆞᄂᆞᆫ요?"

호원이 우셔 왈,

"그ᄃᆡᄂᆞᆫ

65쪽

닉의 ᄆᆡ부 될 마암이 조금 업ᄂᆞᆫ야?"

슈경 왈,

"그ᄃᆡ 마암이 그러홀진ᄃᆡ 그ᄃᆡ 모친을 뵈오리다."

하고 호원과 ᄒᆞᆫ가지 증 씨 잇ᄂᆞᆫ 방의 드러가 증 부인을 보고 왈,

"날 갓치 츤(賤)이[582] 된 인싱을 드럽게 안이하시고 이 증혼ᄒᆞᆫ 일노 져바리지 안이하시니 존문의 인후하심을 복찬불리로소이다. 그러ᄒᆞ오나 두 집 운슈[583]가 엇지 이가치 불길하와 살기을[584] 도모하ᄂᆞᆫ 즁 천만 의외에 이곳의 맛낫ᄉᆞ오니 ᄒᆞ날이 지시하미로소이다."

증 부인이 ᄒᆞᆫ 번 보ᄆᆡ 과연 경신 쇄락하여 무수이 ᄉᆞ랑하더라. 증 부인이 둘직 ᄯᆞᆯ을 불너 안치고 일너 왈,

"우리 가운이 불힝하여 신익[585]이 불길하여 이곳의셔 남 공ᄌᆞ을 맛낫스니 천싱연부이라 너ᄂᆞᆫ 조금도 수괴[586]ᄒᆞᆫ 마음 두지 말고 셔로 표젹을 마느

581) 서사(書辭) : 편지에 쓰인 말.

582) 천(賤)히 : 천하게.

583) 운수(運數) : 이미 정해져 사람의 힘으로 어쩔 수 없는 천운(天運)과 기수(氣數).

584) 살기를.

585) 신액(身厄) : 몸에 낀 액운.

586) 수괴(羞愧) : 부끄럽고 창피함.

라. 세상 일을 측양치 못할지로다. 우리 두 집이 다 화[587]가 ᄉᆞ싱의 잇스니 이 일을 웃지 될 쥴 알이요만은 불힝이 헛터졋다가 일후의 다시 말날 ᄯᅢ의 무얼노 표젹을 할가 부야."

하니 형운이 고기을 수기고 가로ᄃᆡ,

"임의 이 지경의 이르럿스니 웃지 어만님 말슴을 그역하올잇가."

하니 슈경이 낭즁[588]의 석경[589] ᄂᆡ여 반을 ᄭᆡ여 쥬며 왈,

"셕경 빗치 쳔변[590]인들 웃지 변하리요."

형운이 바다 간슈하고 셔로 ᄃᆡ졉ᄒᆞᄂᆞᆫ 모양은 반다시 부부지간 갓드라. 일일은 슈경이 잠을 드럿드니

66쪽

그 절 부쳐님이 현몽하되,

'ᄂᆡ일 오시[591]에 이 산 뒤로 올나가 반셕 우에 안졋스면 무슨 표젹을 알 도리가 잇시리라.'

하거날 잠을 ᄭᆡ여 심즁의 고히 여겨 그 잇튼날 오시에 그 산 뒤로 올나가 반셕 상의 안즛드니 이윽하여 산상상봉[592]으로셔 ᄒᆞᆫ 쳥의동ᄌᆞ 나려와 소ᄆᆡ에서 ᄎᆡᆨ 두 권을 쥬며 왈,

"나는 ᄇᆡᆨ학산 션관의 졔ᄌᆞ러니 오날 분부하시되 이 ᄎᆡᆨ을 갓다 그ᄃᆡ을 쥬라 ᄒᆞ기로 왓노라."

ᄒᆞ고, ᄯᅩ 칼 두 ᄌᆞ로을 쥬며 왈,

"이 칼 일홈은 ᄒᆞ나는 녹노금이요, ᄒᆞ나는 단ᄉᆞ금이라."

587) 화(禍) : 재앙과 액화.
588) 낭중(囊中) : 주머니 속.
589) 석경(石鏡) : 거울.
590) 천변(天變) : 자연의 큰 변동.
591) 오시(午時) : 낮 열한 시부터 오후 한 시까지.
592) 산상상봉(山上上峯) : 산 꼭대기의 제일 높은 봉우리.

ᄒᆞ고 간ᄃᆡ읍더라. 그 칼과 ᄎᆡᆨ을 가지고 나려와 호원을 쥬며 왈,

"이 칼은 백학션관이 보ᄂᆡ는 단ᄉᆞ금이라."

ᄒᆞ고 ᄯᅩ 그 ᄎᆡᆨ을 여러 보니 옛날 강ᄐᆡ공[593]의 병법일너라. 슈경이 호원다려 왈,

"그 ᄎᆡᆨ을 가지고 공부을 하ᄌᆞ."

하고 불쳘쥬야ᄒᆞ고 근공[594]하니 불과 일년지ᄂᆡ[595]의 왼갓 ᄌᆡ조가 극비[596]하야 세상의 당홀 ᄉᆞ람이 업슬 듯하드라.

각설 잇ᄯᆡ의 셩운이 학녹을 다리고 즁원을 향하여 가다가 윤 승지집이 쳘가도쥬[597]하엿단 말을 듯고 놀ᄂᆡ여 탄식 왈,

"분명이 ᄐᆡ위 유경만의 ᄒᆡ을[598] 입엇도다."

하고 가다가 게량 월낙졈의 이르러 쉬드니 그 쥬인이 탄식 왈,

"세상의 불상ᄒᆞᆫ ᄉᆞ람도 만토다."

하거날 셩운이 문왈,

"엇든 ᄉᆞ람이 그ᄃᆡ지 불상하든고?"

그 쥬졈 ᄉᆞ람이 가로ᄃᆡ,

"황도 ᄉᆞ는 김 상셔라

---

593) 강태공(姜太公)・강상(姜尙, ? ?). 중국 주(周)나라 초엽의 정치가. 태공망(太公望)으로 불렸는데 그의 성인 강과 함께 일러 흔히 강태공으로 불림. 병서(兵書) 『육도(六韜)』가 그의 저서라 함.

594) 근공(勤工) : 부지런히 힘써 공부함.

595) 일년지내(一年之內) : 일 년이 안 되는 기간.

596) 극비(極備) : 지극히 다 구비함.

597) 철가도주(撤家逃走) : 가족을 모두 데리고 살림을 챙기어 도망함.

598) 해(害)를.

67쪽

하는 ᄉᆞ람이 강남으로 귀양갓드니 김 상셔는 젹소의셔 죽고 김 상셔 아들이 셩묘 갓다가 붓들여 결박ᄒᆞ여 황도로 올나가더라."

한ᄃᆡ 셩운이 그 말을 듯고 ᄃᆡ경질식하여 문왈,

"언의 ᄯᅢ 이곳의 기ᄂᆞᆫ는고[599]?"

그 ᄉᆞ람이 왈,

"어제 져물 ᄯᅢ의 지낫다."

하거날 셩운이 마암의 고히 여겨,

'아무러키나 ᄯᆞ러 가리라.'

ᄒᆞ고 학녹을 다리고 급히 좃차가더니 옹쥬 물가의 다다르니 강남부 하인이 김 상셔의 아들을 결박하여 가지고 방장[600] 물을 근느랴 ᄒᆞ거날 셩운이 좃ᄎᆞ가 붓들고 보니 결박ᄒᆞᆫ ᄉᆞ람이 ᄆᆡ씨의 모양이 의의 방울[601]한지라. 셩운이 젹실 ᄆᆡ씨인지 안인지 아지 못하여도 ᄌᆞ연 슬푼 마암을 이긔지 못하여 눈물이 비오듯 ᄒᆞᄂᆞᆫ지라. 급히 결박ᄒᆞ야 노은 거셜 푸러노으니 그 ᄯᆞ르든 하인이 호령 왈,

"엇더ᄒᆞᆫ ᄉᆞ람이관ᄃᆡ 죄인 자바가ᄂᆞᆫ 거셜 무숨 연고로 푸러놋는야?"

하거날 셩운이 분긔을 이긔지 못하야 칼을 ᄲᅢ여들고 하인의 머리을 버혀 분을 조곰 풀고 김 소져 젼의 나가니 김 소져와 연향이 아득하야 엇잔 일인지 모르다가 졍신을 ᄎᆞ려 셩운을 보니 어렷슬ᄃᆡ 얼골이 소연명박[602]한지라. 소져 홀젹 ᄯᅱ여 달여드러 셩운의 손을 잡고 ᄃᆡ셩통곡 왈,

"네가 졍영 셩운인야, 안인야? ᄂᆡ가 네 ᄂᆞᆫ 셩희라. 네 엇지 날을 ᄎᆞ져오면셔 나을 모르는야?"

---

599) '지난는고'의 오기이다.

600) 방장(方壯) : 바야흐로 한창.

601) '방불(彷佛)'의 오기이다.

602) 소연명백(昭然明白) : 일이나 이치 따위가 밝고 선명해서 의심할 바가 없이 뚜렷함.

하니 셩운이 그 말을 듯고 방셩통곡하며 왈,

"뉘

68쪽

님이 이 웃잔 일인고? 삶인가, 싱신가? 싱시면 조흐려니와 삶이면 셀가 염여하는이다. 물고[603] 멀은 강남의 엇지 ᄉᆞ라왓ᄂᆞᆫ잇가? 실낫 가튼 져 목심이 하날에 달엿도다."

하고 무슈이 통곡하니 연향이 ᄯᅩᄒᆞᆫ 반가온 즁 마암이 슬퍼 셩운의 소ᄆᆡ을 잡고,

"우리 도련님이 웃지 왓소? 분명ᄒᆞᆫ 도련님인가? 환란 즁 눈이 다 상하엿ᄂᆞᆫ지 ᄎᆞ음에 몰나왓드니 외도로 단이다가 이갓치 맛나와서 죽ᄂᆞᆫ 목슴 살니난잇가."

무슈이 통곡하니 산쳔초목이 다 스러ᄒᆞ더라. 학녹이 셩운다려 일느 왈,

"이곳의셔 잇다가 ᄉᆞ람 죽엿단 쇼문이 나면 ᄃᆡ환을 만날 거시니 일즉 피하ᄂᆞᆫ 일이 올타."

하니 셩운이 올히 여겨 그 ᄆᆡ씨을 다리고 죵남산 셕분암으로 드러가 모든 즁의게 부탁 왈,

"우리는 본ᄃᆡ 황도의 사다가 신명이 불길ᄒᆞ야 가산을 탕픠[604]ᄒᆞ고 우리 남ᄆᆡ 이 지경이 되엿기로 이곳의 왓스니 복원[605] ᄉᆞ[606]는 우리 ᄆᆡ씨을 보고 잔명을 위하야 이 졀의 두면 일후의 ᄎᆞ져올 ᄯᅢ 잇슬거시니 그 ᄯᅢ의 은혜을 갑흘가 하노라."

즁들이 허락하여 왈,

603) 멀고.

604) 탕패(蕩敗) : 재물 따위를 다 써서 없앰.

605) 복원(伏願) : 웃어른에게 엎드려 공손히 원함.

606) 사(師) : 스님을 높여 지칭하는 말.

"엇지 은혜을 바라리오만은 힝식이 쳐량하오니 소승도 불상케 여기옵는지라 각별이 조심ᄒᆞ여 모시고 잇슬 거시[607] 세상의 나가셔 부ᄃᆡ 소원을 이루고 슈이 ᄎᆞᄌᆞ오소셔."

ᄒᆞ니 셩운이 ᄃᆡ답하고 ᄆᆡ씨의게 ᄒᆞ직하고 ᄯᅥ나니 셥셥하기 측양읍더라.

각설 잇ᄯᅥᆡ의 호원과 슈경이

69쪽

ᄇᆡᆨ낙암의셔 공부을 심쓰드니 불과 ᄉᆞᆷ년지ᄂᆡ[608]의 쳔문지리을 무불통달이라. 힝군용병[609]하는 법을 모를 거시 읍시 공부하여 가지고 슈경이 호원다려 왈,

"쳔운을 살펴보니 즁원의 오ᄅᆡ지 안이하여 풍진[610]이 이러날느라. 나도 부모 삼년상을 맛쳣스니 그 ᄯᅥᆡ을 타셔 ᄒᆞᆫ 번 세상의 나가보리라."

하고 호원을 다리고 증 부인과 소져의게 하직하고 나올ᄉᆡ 셔로 눈물을 흘니고 작별하더라.

각설 잇ᄯᅥᆡ 연 나라이 강승[611]하여 ᄃᆡ명을 침범할 의ᄉᆞ가 잇드니 잇ᄯᅥᆡ 연왕이 젹병[612] ᄇᆡᆨ 만을 조발[613]하야 명장[614] 공손걸노 션봉ᄃᆡ장을 삼어 군졍[615]을 춍독[616]하여 즁원을 향하드니.

ᄎᆞ셜 유경만이 쳔ᄌᆞ게 간신되야 져 임으로 쳔ᄒᆞ ᄇᆡᆨ셩을 표박[617]하야 도

---

607) 원문에는 행의 오른쪽에 작은 글씨가 세 글자 있으나 확인하기 어려움.
608) 삼년지내(三年之內) : 삼 년이라는 기간 사이.
609) 행군용병(行軍用兵) : 군대를 이동시키고 군사를 부림.
610) 풍진(風塵) : 세상에 일어나는 어지러운 일이나 시련. 흔히 전쟁을 이름.
611) 강성(強盛) : 힘이 강하고 번성함.
612) '정병(精兵)'의 오기이다.
613) 조발(調發) : 군사로 쓸 사람을 강제로 뽑아 모음.
614) 명장(名將) : 이름난 장수.
615) 군정(軍丁) : 여기서는 군사들을 의미하는 것으로 보임.
616) 총독(總督) : 살펴 다스림.

탄 즁의 너허드니 ᄎᆞ시의 연국이 즁원의 드러와 북변[618]을 치니 ᄇᆡᆨ셩들이 날리[619] 낫단 말을 듯고 나라 위할 마암이 읍고 도망하기만 위쥬하니 연병이 드러온제 불과 삼 삭만의 셔부 ᄉᆞ십팔 쥬을 항복 밧고 소향[620]이 무젹[621]이라. 쳔ᄌᆞ 크게 근심하ᄉᆞ ᄇᆡᆨ관을 모와 의논하여 졍병 팔 만을 조발하여 도젹을 막으랴 ᄒᆞ고 함곡관[622]의 진을 치니 연장[623] 공손걸 젹병을 모라 황도[624]의 드러갈ᄉᆡ 무인지경[625]가치 가드라. ᄎᆞ시의 분방걸이라 하는 오랑ᄏᆡ, 연국이 ᄃᆡ명을 친단 말을 듯고 또 졍병 팔 만을 죠발하여 명장 굴돌경으로 션봉

70쪽

ᄃᆡ장을 삼어 연국 후[626]을 ᄯᅡ라 합역ᄒᆞ여 ᄃᆡ명을 치랴ᄒᆞ고 북편으로 젹쳐 드러오니 가는 곳마다 항복밧고 그 압희셔 능히 그역할 ᄌᆡ 읍드라.

ᄎᆞ셜 유경만이 젹병을 막지 못할 쥴 알고 쳔ᄌᆞ게 엿ᄌᆞ오되,

"신이 본ᄃᆡ ᄌᆡ조 읍ᄉᆞ오되 용병[627]ᄒᆞᄂᆞᆫ 법을 ᄃᆡ강 아럿ᄉᆞ오니 원컨ᄃᆡ 군ᄉᆞ을 쥬시면 젼장의 나가 젹장을 버혀 폐ᄒᆞ의 근심을 들이다."

한ᄃᆡ 쳔ᄌᆞ 즉시 허락하시고 졍병 십 만을 쥬신ᄃᆡ 유경만 ᄇᆡᆨ만 졍병을 거나

---

617) 표박(漂迫) : 일정한 주거나 생업이 없이 여기저기를 떠돌아다니며 지냄.
618) 북변(北邊) : 북쪽 국경의 땅.
619) 난리(亂離).
620) 소향(所向) : 향하여 가는 곳.
621) 무적(無敵) : 겨룰 만한 맞수가 없음.
622) 함곡관(函谷關) : 중국의 하남성(河南省) 북서부에 있는 관문으로 동쪽의 중원으로부터 서쪽의 관중(關中)으로 통하는 관문.
623) 연장(燕將) : 연나라 장수.
624) 황도(皇都) : 황제가 사는 도시. 즉 서울.
625) 무인지경(無人之境) : 아무 것도 거칠 것이 없음.
626) 후(後) : 뒤.
627) 용병(用兵) : 군사를 부림.

리고 쇼쇼[628] 연장 공손걸의게 항복하니 공손걸이 유경만으로 합세하야 황도로 드러가니 황도 빅셩이 ᄉᆞ방으로 도망ᄒᆞᄆᆡ 국가 형세 가장 위틱한지라. 텬ᄌᆞ 유경만이 항복하엿단 을[629] 드르시고 쳬읍[630] 탄식 왈,

"간ᄉᆞ한 소인놈의 ᄭᅬ의 ᄲᅡ져 무죄한 ᄒᆞᆫ신[631]을 죽이고 국가 망케 되엿시니 이러ᄒᆞᆫ 원통한 일이 ᄯᅩ 어ᄃᆡ 잇시리요."

하고 빅관을 모와 의논하니 츙신 니현옥과 홍진셕 등이 엿ᄌᆞ오ᄃᆡ,

"젹병이 장안[632]을 침노하니 안연[633]이 잇다가는 ᄃᆡ환을 만날 거시니 일즉 피하는 것만 갓지 못ᄒᆞ리로소이다."

한ᄃᆡ 텬ᄌᆞ 왈,

"ᄉᆞ면 팔방이 다 즉으리라. 어ᄃᆡ 가리오."

니현옥이 쥬왈,

"북방 동관ᄉᆞ라 하는 ᄯᅡᆼ은 셩이 굿고 곡식이 만코 빅셩이 다 츙심이 잇ᄉᆞ오니 그리 가ᄉᆞ이다."

텬ᄌᆞ 올히 여겨 츙신 빅여 인을 다리고 동관[634]으로 가시니라.

71쪽

공손걸이 황도의 드러가니 텬ᄌᆞ 발셔 동관으로 갓는지라. 군병을 춍독하여 동관으로 조ᄎᆞ갈ᄉᆡ ᄎᆞ시의 금인국[635] 굴돌경 삼십여 쥬[636]을 항복밧고 황

---

628) 소소(小少) : 얼마 되지 아니함.

629) '말을'에서 '말'자가 빠졌다.

630) 체읍(涕泣) : 눈물을 흘리며 슬피 욺.

631) '신하'를 잘못 쓴 것으로 보인다.

632) 장안(長安) : 중국 협서성(陝西省) 서안시(西安市)의 옛 이름. 한(漢), 당(唐) 나라 때 도읍지. 배경이 명(明) 나라이므로 여기서는 수도로서의 황도(皇都)를 의미함.

633) 안연(晏然) : 걱정 없이 태평함.

634) 동관(潼關) : 중국 산시성(陝西省) 동쪽 끝에 있는 현(縣)으로 황하 강 가까이 있으며, 예로부터 낙양(洛陽)과 장안(長安)을 이어주는 교통의 요충지임.

도로 향하다가 쳔ᄌ 동관으로 갓단 말을 듯고 급히 좃ᄎ가 동관을 에워ᄊ고 항복하기을 직촉한지라.

각셜 잇ᄯ의 셩운이 미씨을 동남산[637] 셕분암의 두고 학녹을 다리고 나오다가 연병[638]이 북방 ᄉ십삼 쥬을 항복밧고 황도로 향ᄒ단 말을 듯고 위연[639]이 탄식왈,

"이졔는 ᄃ장부 ᄌ조을 한 번 시험할 ᄯ라."

하고 학녹을 다리고 청쥬지경으로 좃ᄎ가 풍의가 의지ᄒ고 군ᄉ을 모흐드니 불과 ᄉ오 삭만의 군ᄉ 만여 명을 모홧는지라. 학녹으로 즁군장[640]을 삼고 셩운이 스스로 션봉이 되야 황도로 드러가다가 문득 드르니 쳔ᄌ 장안을 바리고 동관으로 가셧단 말을 듯고 군졸을 총독하야 동관으로 향하다가 유경만이 공손걸의게 항복하엿단 말을 듯고 더욱 반김[641]을 이긔지 못하야 말을 하되,

"유경만을 버히지 못하면 세상의 ᄉ라 무엇하리오."

하고 동관으로 급히 힝군하드니 금인국 션봉ᄃ장 굴돌경이 에워ᄊ고 쳔ᄌ 거의 죽게 되엿단 말을 듯고 학녹다려 왈,

"그ᄃ는 군병을 총독하여 뒤을 ᄯ르라."

하고 필마단창[642]으로 동관을 향하니라. 잇ᄯ의 슈경이

---

635) 금인국(金人國) : 여진족이 세운 나라.

636) 쥬(州) : 행정 구역의 일종.

637) '종(終)남산'의 오기이다.

638) 연병(燕兵) : 연나라 병사.

639) 위연(威然) : 위엄이 있고 늠름함.

640) 중군장(中軍將) : 전군(全軍)의 한 가운데에 자리잡고 있는 부대를 지휘하는 장군.

641) '반감'의 오기이다.

642) 필마단창(匹馬單槍) : 한 마리의 말과 한 자루의 창이란 뜻으로, 혼자 간단하게 무장(武裝)을 하고 말을 타고 감을 이르는 말.

72쪽.

빅낙암의 삼 년 거상[643]을 맛치고 호원다려 일러 왈,

"즁원이 이러나 가고ᄌ 하니 한가지 나가보랴."

ᄒ고 한가지 나오다가 남젼 짜의 이르러 길을 일어 산곡으로 산곡으로 드러가니 산곡 간의 큰 바위에 글을 식엿시되 '말마암'이라 하엿거날 슈경이 호원다려 일어 왈,

"이 바위에 올나 안져보ᄌ."

하고 그 바위에 안졋드니 이윽하여 산곡으로 말 소릭 나거날 이러셔셔 보니 ᄒᆞᆫ 노인이 말을 몰고 겻흐로 오난지라. 슈경과 호원이 이러나 그 노인게 졀하고 반겨ᄒᆞᆫᄃᆡ 노인 왈,

"너희난 어ᄃᆡ 잇ᄂᆞ야?"

슈경이 왈,

"소ᄌ 등이 듯ᄉᆞ오니 즁원의 풍진이 요란하다 하기로 급히 가고ᄌ ᄒᆞ오나 말을 읏지 못하야 걱정ᄒᆞ엿삽드니 이졔 이곳의 와 조흔 말을 맛나ᄉᆞ오니 원컨ᄃᆡ 그 말을 빌니소셔."

ᄒᆞᆫᄃᆡ 그 노인 왈,

"빌닐 거시 아니라 이 말을 몰고 이곳의 와서 그ᄃᆡ을 기다린 제 오릭노라."

하고 그 말을 두고 인ᄒᆞ야 간ᄃᆡ업ᄂᆞᆫ지라. 슈경과 호원이 그 말을 타고 즁원을 향할ᄉᆡ 쳔ᄌ 동관으로 가셧단 말을 듯고 필마단창으로 동관으로 향하니라.

ᄎᆞ시 김 소져 연향을 다리고 죵남ᄉᆞᆫ 셕분암의셔 잇드니 쳔만 의외에 장안 빅셩들이 날니[644] 낫단 말을 듯고 갈 바을 몰나 도망ᄎᆞ로 죵남ᄉᆞᆫ 셕분암으로 드러가 졀을 소화하고 양식을 탈취하니 모든 즁드리 다 도망하고

643) 거상(居喪) : 부모의 상을 당하고 있음.

644) 난리(亂離).

73쪽

김 소져 갈 바을 몰나 탄식ᄒᆞ다가 연향을 다리고 남복을 가라입고 피란ᄎᆞ로 나가니 ᄉᆞ면팔방의 갈 바을 모르드라. 도로 계량[645]으로 가 보리라 ᄒᆞ고 위수[646] 물가의 다다르니 일모셔산[647]ᄒᆞ고 월출동역[648]ᄒᆞᆫᄃᆡ 김 소져 연향 다려 왈,

"위수을 근너가도 갈 곳시 읍는지라. 아모리 ᄇᆡ가 곱흐드ᄅᆡ도 물을 근느지 말고 갈ᄃᆡ밧으로셔 밤을 식우리라."

하고 갈ᄃᆡ밧희셔 밤을 식우더니 ᄎᆞ시의 슈경과 호원이 동관을 향하다가 날이 져문 후의 위슈 물가의 지ᄂᆡ다가 문득 드르니 길가의 난ᄃᆡ읍는 ᄉᆞ람 여나문이 안져 의논하되,

"져 갈ᄃᆡ밧희 잇는 아희는 임ᄌᆞ 읍는 ᄉᆞ름이니 반다시 ᄌᆞ버 먹어도 타시 업실 거시니 급히 좃ᄎᆞ ᄌᆞ버 먹ᄌᆞ."

하고 그 갈ᄃᆡ밧흐로 드러가거날 슈경과 호원이 셔로 일너 왈,

"져 ᄉᆞ람은 피란하다가 긔갈[649]을 견ᄃᆡ지 못하여 ᄉᆞ람을 보고 ᄌᆞ버 먹ᄌᆞ 하니, ᄌᆞ버 먹자 하는 놈도 죽일 놈이요, 아모리 ᄇᆡ가 곱흔들 엇지 ᄉᆞ람을 자버 먹으리요. 갈ᄃᆡ밧희 잇는 ᄉᆞ람도 부모형졔을 이별ᄒᆞ고 유리표박[650]하기로 지극히 불상하며 남의 손의 죽기도 과연 원통하도다. 우리가 세상의 ᄃᆡ장부 되여 쳔ᄒᆞ의 평정하고 부모의 원슈을 갑흐려 하며 잇ᄯᅢ을 당하여 엇지 활인젹슨[651]을 안이하리요."

---

645) 계양 월유촌을 말함.

646) 위수(渭水) : 중국 황하 강의 큰 지류의 하나로, 간쑤성(甘肅省) 남동부를 시작하여 산시성(陝西省)으로 흘러 황하 강으로 들어감.

647) 일모서산(日暮西山) : 해가 서산으로 짐.

648) 월출동역(月出東域) : 달이 동쪽으로부터 나옴.

649) 기갈(飢渴) : 배고픔과 목마름.

650) 유리표박(流璃漂泊) : 일정한 집과 직업이 없이 이곳저곳으로 떠돌아다님.

651) 활인적선(活人積善) : 사람을 살리어 선을 쌓음.

조ᄎᆞ 드러가니 발셔 그 놈들이 그 아희을 자바노코 칼노 지르려 ᄒᆞ거날 슈경과 호원이 말을 치쳐

74쪽

가며 호령 왈,

"그 ᄉᆞ람을 죽이지 말나."

하니 그 놈들이 놀ᄂᆡ여 죽이지 안코 안졋거날 슈경과 호원이 급히 드러가 그 두 아희을 붓드러 안치고 칼을 드러 여나문 ᄉᆞ람을 다 죽이고 그 아희을 살펴보니 얼골이 션화652)갓고 의복의653)이 단정하여 말근 긔운이 월궁항아654)의 틱도라. 슈경이 즉시 무러 왈,

"너희가 어ᄃᆡ 잇난 아희야?"

ᄒᆞᆫᄃᆡ 소져 고ᄀᆡ을 들고 정신을 ᄎᆞ려 왈,

"우리가 본ᄃᆡ 황도 ᄉᆞ람으로셔 피란하는 ᄉᆞ람이라. 신명이 불길하여 이 지경이 되엿시니 남의게 죽어도 원통치 안이하거니와 그ᄃᆡ는 어ᄃᆡ 게시관ᄃᆡ 여긔 와서 죽어가는 ᄉᆞ람을 살니는잇가? 그 은혜 빅골난망이로소이다."

슈경 왈,

"나는 거쳐 읍시 단이거니와 너는 누 집 아들이며, 나히는 몃치나 되는야?"

김 소져 ᄉᆡᆼ각하되,

'이 ᄉᆞ람이 어ᄃᆡ 잇는 쥴 모르되 분명 양반의 ᄌᆞ식이라. 만일 의심이 잇슬진ᄃᆡ 본ᄉᆞ655)을 말하며 ᄉᆞ졍ᄒᆞ여도 ᄂᆡ게 침노할 마음을 두지 안이하리라.'

ᄒᆞ고 왈,

---

652) 션화(鮮花) : 산뜻하고 고운 빛깔의 꽃.

653) '의'자가 불필요하게 사용되었다. '의복이'

654) 월궁항아(月宮姮娥) : 전설에서 달나라에 있는 궁궐에 산다는 선녀.

655) 본사(本事) : 근본이 되는 일. 여기서는 근본이 되는 일. 곧 사실.

"나는 황도 김 상셔의 여즈러니 계양 월유촌 남 도독의 아들과 언약을 믹졋스오니 그듸의 은혜는 몸으로는 갑기 어렵스오니 읏지 만분지일이나 갑스오릿가."

흔거날 슈경이 그 말을 듯고 졍신이 아득하여 아모 말도 못하고 졍신 읍시 이윽히 싱각다가 김 소져는 젹실한지라. 그 마음을 시험하리라 하고 쳔연이 승닉난 쳬흐고 왈,

"닉가 임의 그듸가 여즈 줄 알

75쪽

고 잠간 싱각하되 살여쥬면 반다시 쓰로리라 하고 스람 십여 명을 죽이고 그듸을 살엿거든 이졔 살여준 즉 싼 말을 흐는야? 잔말 말고 흔가지 살즈."

하며 손목을 잇글고 말게 올나 안지라 흐니 김 소져 망극하여 엇지할 쥴 모로다가 준졀이 일너 왈,

"닉가 신익[656]이 미진하여 스지의 드럿다가 쳔만 의외에 활인지부[657]을 만나 죽은 목심을 스라낫스오니 은혜는 하히[658]갓고 갑흘 길 망연하오니 세상 양반의 여즈 되야 언약을 한 번 믹진 곳시 잇스오니 그 언약을 바리고 두 번 언약은 못할지라. 결단코 그 말은 듯지 못하리로이다. 다른 말슴으로 흐시면 시힝할 거시니 하히가튼 너르신 도량으로 다시 변통흐옵소셔."

슈경이 그짓 듯지 안코 칼을 셰여 들고 왈,

"만일 닉 맘을 듯지 아이흐면 이 칼노 그듸을 죽이리리."

흐니 김 소져 왈,

"흔 번 언약 믹진 스람이 잇스오니 지금 만 번 죽어도 그 마음 변치 못흐

656) 신액(身厄) : 몸에 낀 액운.

657) 활인지부(活人之夫) : 사람의 목숨을 살리는 사람.

658) 하해(夏海) : 큰 바다.

옵고, 또 언약을 져바릴진ᄃᆡ 날을 긔왕의 살여노코 그런 ᄉᆞ정을 듯고 또다시 죽이면 젹션이 안이라 도리여 젹불션[659]이 될 거시니 싱지사지[660]을 마음ᄃᆡ로 ᄒᆞ옵소셔."

슈경이 듯고 ᄂᆡ렴의 층찬 왈,

'만고의 열녀로다.'

하고 그갓치 ᄋᆡ씨는 양이 장이[661] 불상하다 ᄒᆞ고 손목을 다시 붓들고 왈,

"그ᄃᆡ가 진실 나을 모르는야? 나는 계량 월유촌 남 도독의 아들 슈경이로다."

ᄒᆞ니 김 소져 그 말을 듯고

76쪽

안식을 살펴보니 밤이라 ᄌᆞ세이 볼 수는 업거니와 셩음[662]은 방울[663]하나 분명 알 슈 업고 오히려 의심이 나되 인심은 박칙이라.

'세상의 셩음 가튼 ᄉᆞ람도 잇슬지라. ᄂᆡ 웃지 젹실함을 아지 못하고, 웃지 경숄이 하리요.'

하고 가로ᄃᆡ,

"남 도독의 아들이 경영하거든 이왕의 ᄂᆡ 표젹이 잇시니 ᄂᆡ옵소셔."

그졔야 슈경이 낭즁으로셔 옥환[664]을 ᄂᆡ여 쥬거날, 김 소져 바다보니 젹실ᄒᆞᆫ 남 도독ᄃᆡᆨ의셔 주엇든 ᄂᆡ 옥환이라. 의심이 읍스ᄆᆡ, 또 품으로셔 붓치을 ᄂᆡ여 쥬며 왈,

"이거시 그ᄃᆡ의 부치가 경연ᄒᆞᆫ가 보시요?"

---

659) 적불선(積不善) : 착하지 아니한 일을 거듭함.

660) 생지사지(生之死之)) : 살리고 죽임. '생지살지(生之殺之)'의 오기이다.

661) 장히 : 매우. 몹시.

662) 성음(聲音) : 목소리.

663) '방불'의 오기이다.

664) 옥환(玉環) : 옥으로 만든 반지.

ᄒᆞ고 우셔 반기며 양협[665]의 옥쥬[666] 갓튼 눈물이 비오듯 하드라. 슈경이 부치을 도로 쥬며 왈,

"아즉도 이별이 몃 ᄒᆡ가 될 지 모르오니 바다두라."

ᄒᆞ고 쏘 옥환을 바다 낭즁의 간슈하고 즉시 김 소져와 연향을 다리고 쥬졈을 ᄎᆞᄌᆞ 안치고 그 잇튼날 호원다려 왈,

"우리 두리 동관으로 향ᄒᆞ드니 지금 즁노의셔 김 소져을 맛나시니 아모 ᄃᆡ도 둘 곳시 업는지라. 우션 이골의 드러가 도젹을 파하고 김 소져을 아즉 이곳의 두고 가는 거시 올타."

하고 호원을 다리고 우남[667]을 드러가니 연장이 군ᄉᆞ 쳔 명을 거나리고 셩문을 구지 닷고 의긔양양하거날 슈경이 호원다려 왈,

"밤을 기다려 셩을 너머 드러가 젹병을 ᄌᆞ부리라."

하고 밤을 기다리드니 밤은 삼경은 하야 슈경과 호원이 셩을 너머

77쪽

드러가 불시의 장졸[668]을 무수이 젹쳐바리니 젹장이 잠을 드럿다가 밋쳐 옷셜 입지 못하여 도망하거날 수경이 좃ᄎᆞ가 머리을 버혀 들고 좌우로 츙돌하니 젹진 장졸이 넉을 얼어 갈 바을 모르드라. 이날의 젹진을 함몰[669]하고 날이 발근 후에 나문 군졸이 다 항복하거날 창고을 열고 곡식을 ᄂᆡ여 군졸을 호궤[670]ᄒᆞ니 셩즁 ᄇᆡᆨ셩이 격양가[671]를 부르드라. 김 소져와 연향을 다려다가 셩즁의 두고 슈경이 호원다려 왈,

---

665) 양협(兩頰) : 두 뺨.
666) 옥주(玉珠) : 옥구슬.
667) '위남(渭南)'의 오기. 중국 장안(長安) 북동쪽 위수(渭水) 남안의 지역.
668) 장졸(將卒) : 장수와 병졸.
669) 함몰(陷沒) : 결단을 내서 없앰.
670) 호궤(犒饋) : 군사들에게 음식을 주어 위로함.
671) 격양가(擊壤歌) : 태평한 세월을 즐기는 노래.

"그듸은 셩즁의 나문 군ᄉ을 다리고 이곳슬 굿게 직히라."
하고 필마단창으로 동관을 향하야 가드라.

각셜 셩운이 필마단창으로 동관을 향하여 가다가 소문을 드르니 금인국 듸장 골돌경[672]이 동관을 웨워싸고 쳔ᄌ가 죽게 되엿단 말을 듯고 쥬야로 가셔 동관을 바라보니 잇ᄯᅢ 밤이 삼경은 ᄒᆞ여는지라. 쳔마산의 올나 진세[673]을 둘러보니 동관 셩즁의 화광이 츙쳔[674]하고 함셩이 쳔지진동ᄒᆞ고 젹장의 호통하는 소릐 ᄉᆞ면의 요란하니 셩운이 ᄉᆡᆼ각하되,

'이졔는 속졀 읍시 쳔ᄌ 죽엇다.'
ᄒᆞ고 비룡마을 급히 달여 은월도을 노피 들고 동관 셩의 드러가니 굴돌경이 쳔ᄌ을 ᄌ바ᄂᆡ여 쑬여노코 명 나라 츙신 빅연[675] 인을 결박하여 노코 굴돌경이 장듸의 노피 안져 호령하여 항복을 직촉하거날 쳔ᄌ 하릴읍서 앙쳔통곡하여 용누[676]가 용포을 젹시고 조희[677]을 펼쳐노코 항셔[678]을

78쪽

씨라 할 제 옥슈을 벌벌 쓸며 붓듸을 잡으려 하거날 셩운이 분긔츙쳔[679]하여 급히 쒸여드러가 쳔ᄌ을 안고 순식간의 쳔마산의 올나 산상[680]의 안치고 복지ᄒᆞᆫ듸 쳔ᄌ 경황즁의 문왈,

"귀신인야, ᄉᆞ람인야?"

셩운 복지통곡 듸왈,

---

672) '굴돌경'의 오기이다.
673) 진세(陣勢) : 진영의 형세, 군진의 세력.
674) 충천(衝天) : 하늘을 찌를 듯이 공중으로 높이 솟아오름.
675) '백여'의 오기이다.
676) 용루(龍淚) : 왕의 눈물.
677) 종이.
678) 항서(降書) : 항복을 인정하는 문서.
679) 분기충천(憤氣衝天) : 분한 마음이 하늘을 찌를 듯 북받쳐 오름.
680) 산상(山上) : 산의 위.

"강남 구양[681] 갓든 김공필의 아들 김성운이로소이다."

쳔직 딕경ᄒᆞ여 손을 잡고 닉렴의 붓그러워셔 말솜을 못하시고 눈물을 감당치 못하거날 셩운이 엿ᄌᆞ오되,

"폐하는 이곳의 잠간 머므소셔. 동관 셩즁의 불상ᄒᆞᆫ 츙신들이 거의 죽게 되엿ᄉᆞ오니 쇼인이 급히 가 구하오리라."

ᄒᆞ고 말을 급히 달여 동관 셩즁의 드러가니 젹진 장죨이 쳔ᄌᆞ의 간 곳셜 모르고 충신만 결박하야 쑬여노코 구박이 ᄌᆞ심[682]ᄒᆞᆫ지라. 셩운이 드러가 빅여 인 츙신을 다 푸러노코 딕상[683]으로 올나가니 굴돌경이 불의에 환을 만나 갑옷슬 밋쳐 수습지 못하고 도망하거날 셩운이 빅여 인 츙신을 딕상의 안치고 젹병을 ᄒᆞᆫ 칼의 함몰ᄒᆞ니 굴돌경이 나문 군졸을 거두어 가지고 장안으로 힝하다가 죠션산 밋히 가셔 학녹의 딕군을 만나 셔순을 의지ᄒᆞ고 진을 치고 유하니라. 학녹 동관 셔문[684]을 보닉고 마음의 조조[685]하여 쥬야로 딕군을 모라 좃ᄎᆞ 가드니 죠션산 밋히와 션군[686]이 보하되,

"난딕읍ᄂᆞᆫ 군ᄉᆞ의 소리가

79쪽

나나이다."

하거날 학녹이 싱각하되,

'젹병이 셩운의게 쫏기여 오ᄂᆞᆫ도다.'

ᄒᆞ고 즁군의 ᄒᆞ령하여 산곡을 의지하여 진을 치고 젹토말을 급히 달여 참ᄉᆞ금을 비겨들고 젹진을 향하여 가드니 학녹이 산의 올나 젹긴 형세을 실피보

---

681) 귀양.

682) 자심(滋甚) : 더욱 심함.

683) 대상(臺上) : 대의 위.

684) '성운'의 오기이다.

685) 조조(懆懆) : 마음이 편치 못하고 조마조마함.

686) 선군(先軍) : 앞서간 부대.

니 군ᄉ 오륙만 명이 진을 쳣는지라. 참ᄉ금을 놉히 들고 젹진 즁의 드러가 좌충우돌하니 젹진 장졸이 넉슬 일어 ᄉ면으로 도망하니 학놐이 순식간의 만 명을 한 칼의 함몰하니 죽엄이 산 갓고, 피가 흘너 강슈 되엿드라. 굴돌경 나문 장졸을 거나리고 도망하여 가다가 공손걸이[687] ᄃᆡ군을 만나 동관의셔 픽흔 말을 하니 공순걸이 ᄃᆡ로ᄒᆞ여 굴돌경으로 즁군장을 삼고 동관으로 급히 가드라.

잇ᄯᆡ 슈경이 위남골을 치고 필마로 동관을 향ᄒᆞ다가 즁간의셔 공손걸의 ᄃᆡ군을 만나 스스로 싱각하되,

'세상의 ᄃᆡ장부 되야 ᄃᆡ군을 보고 웃지 겁을 ᄂᆡ여 ᄒᆞᆫ 번 시험도 안이 ᄒᆞ여 보리요.'

ᄒᆞ고 조용이 뒤을 ᄯᆞ르드니 ᄃᆡ산 ᄒᆞ의 이르러 공손걸이 군ᄉ을 유진ᄒᆞ고 밤을 지ᄂᆡ려 하거날 슈경이 말을 달여 진즁의 드러가 빅만 군졸을 추풍낙엽[688] 갓치 진쳐 드러가니 공손걸이 굴돌경으로 군ᄉ 오만 명을 주어 가로ᄃᆡ,

"진을 치고 젹장을 자부라."

ᄒᆞᆫᄃᆡ 굴돌경이 군ᄉ 오 만을 거나리고 군ᄉ을 노와 젹장 에워ᄊᆞ고 살이

80쪽

하니 슈경이 진즁의 드러 굴돌경의 군ᄉ 오 만을 일시에 함몰하고 굴돌경에 머리을 말게 달고 싱각하되,

'남을 수이 알고, ᄯᅩ 공손걸의 진의 드러갓다가 혹 불힝할가 모를지라. 위션[689] 동관으로 가셔 쳔ᄌᆞ을 구안ᄒᆞᆫ 후의 군ᄉ을 거드가지고 공손걸을

---

687) '공손걸에게'의 오기.

688) 추풍낙엽(秋風落葉) : 가을바람에 떨어지는 나뭇잎. 여기서는 형세나 세력이 갑자기 기울어지거나 헤어져 흩어지는 모양을 비유적으로 이르는 말.

689) 우선.

잡으리라.'
ᄒᆞ고 동관으로 좃ᄎᆞ가니, 잇ᄯᆡ 셩운이 ᄇᆡᆨ여 인 츙신을 살니고 쳔마산에 올나가 쳔ᄌᆞ을 모시고 셩즁의 드러가니 ᄇᆡᆨ여 인 츙신이 쳔ᄌᆞ게 축슈하고 희락690)ᄒᆞᆫ 마음을 이긔지 못하여 분분니 이러나 츔 츄며 노ᄅᆡ하더라. 쳔ᄌᆞ 셩운의 손을 잡고 왈,

"과인이 일즉 간신의게 속어셔 경의 부친을 죄 읍시 죽게 ᄒᆞ엿드니 이졔 경이 과인을 구하야 ᄉᆞ직691)을 보젼ᄒᆞ게 하니 도로여 무안하고 괴탄692)키 그지 읍다."

하시고 눈물을 흘니며 용포을 젹시니 셩운이 고두ᄉᆞ례693) 왈,

"신의 나히 어리고 ᄌᆡ조 용열694)하옵고 효셩이 부족ᄒᆞ압기로 난셰695)을 당하야 일즉 폐하을 도와 근심을 들지 못하고 늣게 뵈오니 죄ᄉᆞ무셕이로쇼이다."

ᄒᆞ고 눈물을 흘니니 여러 츙신들이 다 위ᄒᆞ야 위로하며 셜어하드라. ᄎᆞ시에 학녹이 돌경696)의 군ᄉᆞ을 ᄒᆞᆫ 칼에 흠몰하고 동관으로 군ᄉᆞ을 모라가니 날이 져문지라. 셩 위에 군ᄉᆞ을 유진하고 셩즁의 드러가니 모든 츙신이 츔 츄며 노ᄅᆡ소리 셩즁이 진동하더라. 학녹 드러가

81쪽

쳔ᄌᆞ게 복지697)ᄒᆞᆫᄃᆡ, ᄐᆡᄌᆞ 손을 잡으시고 문왈,

---

690) 희락(喜樂) : 기쁘고 즐거운. 기쁨과 즐거움.
691) 사직(社稷) : 나라와 조정을 이르는 말.
692) 괴탄(怪歎/怪嘆) : 괴상하게 여기어 탄식함.
693) 고두사례(叩頭謝禮) : 머리를 조아리며 고맙다고 말을 함.
694) 용렬(庸劣) : 사람이 변변치 못하고 졸렬함.
695) 난세(亂世) : 전쟁이나 무질서한 정치 따위로 어지러워 살기 힘든 세상.
696) 굴돌경.
697) 복지(伏地) : 땅에 엎드림.

"경이 뉘 집 ᄌᆞ손인야?"

학녹이 엿ᄌᆞ오되,

"소인은 젼승 리원의 아들이압드니 가화공참하야 부모을 일즉 이별하고 ᄉᆞ희[698]로 단이다가 난세을 당하여 폐ᄒᆞ을 지금 와셔 뵈오니 황공무지ᄒᆞ와이다."

ᄒᆞ고 군ᄉᆞ을 거나리고 오다가 굴돌경의 군ᄉᆞ 파(破)ᄒᆞᆫ[699] 말과 셩운 만나 군ᄉᆞ 모와 온 ᄉᆞ연을 낫낫 고ᄒᆞ니 쳔ᄌᆞ 더욱 층찬ᄒᆞ시드라. 인하여 학녹으로 즁군장을 삼어 군ᄉᆞ을 거나리고 장안으로 향할ᄉᆡ 쳔ᄌᆞ게압셔 젹병 파ᄒᆞ엿단 말을 ᄇᆡᆨ셩들이 듯고 동관으로 모드엿드니 불과 슈일지간의 군ᄉᆞ가 십여만 명이라. 셩운이 쳔ᄌᆞ게 아뤄되,

"폐ᄒᆞ는 모든 신하의 군ᄉᆞ을 거나리고 동관의 게시압소셔. 신이 군ᄉᆞ을 호위하야 나가 젹장을 잡아 소멸하고 쳔ᄒᆞ을 편젼[700]하리니다."

쳔ᄌᆞ 즉시 허락하시고 군ᄉᆞ 십 만을 쥬시니 셩운이 군ᄉᆞ을 거나리고 길을 ᄯᅥ날ᄉᆡ 문득 남문으로셔 일원 ᄃᆡ장이 드러와 복지ᄌᆡᄇᆡ[701]ᄒᆞ거날 셩운이 ᄌᆞ세이 보니 단셩ᄉᆞ의셔 ᄒᆞᆷ긔 공부ᄒᆞ든 슈경이라. 셩운이 반가온 마음을 이긔지 못ᄒᆞ야 손을 잡고 왈,

"웃지 오기가 더드든냐."

무슈이 반가ᄒᆞ드니 쳔ᄌᆞ 슈경의 손을 잡고,

"그ᄃᆡ는 누 집 ᄌᆞ손인야?"

슈경이 젼후근본[702]을 아루며[703] ᄯᅩ 굴돌경의 머리을 밧치고, ᄯᅩ 오다가 공손결의 진의 드러셔 젹졸을 무슈이 베히고 온 ᄉᆞ연을 낫낫치

---

698) 사해(四海) : 온 세상.

699) 파(破)한 : 무찌른.

700) '평정(平定)'의 오기.

701) 복지재배(伏地再拜) : 땅에 엎드려 두 번 절함.

702) 전후근본(前後根本) : 부자관계를 밝힘으로써 자신의 혈통을 밝힘.

703) 아뢰며.

82쪽

알외니 천즈 굴돌경의 머리을 보시고 드욱[704] 길거ᄒᆞ시며 무슈이 층찬ᄒᆞ시니 모든 신ᄒᆞ가 천즈게 뵈오ᄃᆡ,

"폐ᄒᆞ 승덕[705](聖德)이 놉흐ᄉᆞ 천ᄒᆞ 영웅이 다 모듸여시니 이졔 무삼 걱정 잇ᄉᆞ오릿가."

ᄒᆞ드라. 슈경이 셩운다려 김 소져가 죽게 된 거슬 살여ᄂᆡ여 우남[706] 셩중의 드러가 적장을 다 파ᄒᆞ고 김 쇼져을 셩즁의 유하게 ᄒᆞ고 온 ᄉᆞ연을 고ᄒᆞ니 셩운이 그 말을 듯고 ᄃᆡ경실식ᄒᆞ여 못ᄂᆡ 층찬ᄒᆞ드라.

잇ᄯᆡ의 (공손걸이 굴돌경의)[707] 쥭엄을 듯고 ᄉᆡᆼ각ᄒᆞ되,

'즁국의 천ᄒᆞ 명장이 무슈이 잇스니 용이[708]ᄒᆞᆫ 게교을 이루지 못ᄒᆞᆫ다.'

ᄒᆞ고 급히 발비을 쎠워 금인국으로 통긔ᄒᆞ여 왈,

"즁국의 영웅 쥰걸이 구름 모흐듯하고 굴돌경이 ᄇᆡᆨ만ᄃᆡ병을 일죠의 파ᄒᆞ고 젼장도 보죤치 못ᄒᆞ여 즁국 장슈의게 죽게 되엿시니 ᄉᆞ세[709]가 급급ᄒᆞᆫ 지라. 원컨ᄃᆡ 용장과 졍병을 조발ᄒᆞ야 일등 명장 증황달노 도원슈을 삼여 즁국으로 보ᄂᆡ니라."

ᄎᆞ시의 공손걸이 ᄯᅩ 연왕게 글을 올여 왈,

"금인국 ᄃᆡ장 굴돌경이 ᄇᆡᆨ만ᄃᆡ병을 일조의 파ᄒᆞ고 즁국 장슈의게 죽은 바 되엿고 신도 ᄯᅩᄒᆞᆫ 거의 픽ᄒᆞ게 되야 군ᄉᆞ가 무슈이 죽고 불과 몃치 남지 못하야시니 아모리 ᄒᆞ와도 공을 이루지 못ᄒᆞ오니 원컨ᄃᆡ 군ᄉᆞ을 다시 조발ᄒᆞ고 용장을 졔슈하와 급히 보ᄂᆡ압소셔."

ᄒᆞ엿거날 연왕이 ᄃᆡ경ᄒᆞ여 졍병 삼 만과

---

704) 더욱.

705) 성덕(聖德).

706) '위남'의 오기.

707) '공손걸이 굴돌경의'이 있어야 문맥이 맞다.

708) 용이(容易) : 어렵지 않고 매우 쉬움.

709) 사세(事勢) : 일이 되어가는 형세.

83쪽

밍장 만여 명을 총독하여 급히 보닉니라. 손결이 딕병을 거두어 장안으로 도라와 셩을 굿게 직히고 잇드니 ᄎᆞ시의 호원이 위남 셩즁의 잇다가 손결이 장안으로 드러왓단 말을 듯고 잇든 장슈 순힝으로 셩을 직히라 ᄒᆞ고 군ᄉᆞ 삼 천을 거나리고 장안으로 향ᄒᆞ여 가드니 손결[710]이가 군ᄉᆞ 옴을 보고 그 군ᄉᆞ을 거나리고 장슈 물가의 진을 쳣거날 호원이 군ᄉᆞ을 총독ᄒᆞ여 젹장을 딕신ᄒᆞ여 ᄊᆞ홈을 청ᄒᆞ니 손결이 장딕의 올나 호원의 진세을 둘너보고 딕경 왈,

"장슈는 쳔ᄒᆞ명장이로다. 군ᄉᆞ는 젹으나 지세을 살펴본즉 옛날 ᄉᆞ마상여[711]의 진법이 간딕로[712] 당치 못ᄒᆞ리라."

ᄒᆞ고 졔장으로 더부러 호원 ᄌᆞ불 묘칙을 의논ᄒᆞ드니 호원이 말을 지촉하여 진 박긔 나셔며 워여 왈,

"젹장 증황달[713]은 드러라. 나을 아난다, 모르난다. 나는 즁국 명장 윤호원이라. 너는 무죄한 군ᄉᆞ을 죽이[714] 말고 밧비 나와 항복ᄒᆞ라."

ᄒᆞᆫ 소릭 경수가 뒤눕ᄂᆞᆫ 듯ᄒᆞ드라. 손결이 션봉장 유명션을 불너 왈,

"나가 딕젹ᄒᆞ라."

ᄒᆞ니 유명션이 응셩출장[715]ᄒᆞ야 진문 밧긔 나셔며 왈,

"나는 연군 명장 유명션이로라. 연왕의 명을 바다 너가튼 놈을 씨 읍시 멸하고 쳔ᄒᆞ 틱평케 ᄒᆞ리라."

ᄒᆞ며 달여드러 ᄊᆞ오드니 불과 슈합의 호원이 유명션의

---

710) 공손결.

711) '사마중달'의 오기로 판단됨.

712) 간대로 : 그리 쉽사리.

713) '공선결'이라고 해야 문맥에 맞다.

714) '죽이지'에서 '지'자가 빠졌다.

715) 응성출장(應聲出場) : 겨루자는 소리에 싸움터에 나감.

84쪽

머리를 버혀 들고 젹진 즁의 드러가 호령 왈,

“흔 놈이라도 딕젹할 놈 잇거든 쌜이 나와라.”

ᄒᆞ며 빅만 군즁의 드러가 무인지경 갓치 단이며 군ᄉᆞ의 머리가 추풍낙엽 갓트어 죽엄이 틱산 가튼지라. 손걸이 장딕의셔 보다가 호원을 잡지 못ᄒᆞ고 나문 군ᄉᆞ을 거두어 가지고 유경716)으로 더부러 흔가지 도망하니 호원이 필마단긔717)로 손걸을 좃쳐 일일지닉718)의 삼빅여 리을 갓드니 셩산 ᄶᅡ의 다다러 싱각하되,

‘김 소져을 위남 셩즁의 두고 닉가 젼장의 나간 졔 수오 일 되엿시니 궁겁기 그지 읍고 슈경과 언약을 져바리면 장부의 일이 안이라 도로 도라가니만 못하다.’

ᄒᆞ고 말을 도로여 회졍ᄒᆞ랴 하다가 문득 셔북편으로 딕풍이 이러나며 난딕 읍는 딕군이 만산을 더퍼 오거날 다시 싱각ᄒᆞ되,

‘연 나라가 군ᄉᆞ을 이리긔여 보는또다.’

ᄒᆞ고 몸을 산곡의 의지ᄒᆞ고 잇드니 과연 연 나라 장슈 월셩득이 연왕의 명을 바다 ᄉᆞ빅 만 군ᄉᆞ와 만여 명 장슈을 거나리고 오다가 공손걸이 쏫기여 옴을 보고 딕로하여 군ᄉᆞ 급히 모라 오거날 호원이 셩득의 딕군을 보고 싱각ᄒᆞ되,

‘세상의 딕장부 되야 딕군을 만나 닉 몸 ᄒᆞ나라고 겁을 닉여 도망하기 붓그럽다.’

ᄒᆞ고 필마단창으로 젹진 즁의 드러가 좌츙우돌ᄒᆞ니 젹진 장졸이 졍신을 ᄎᆞ리지 못ᄒᆞ더라. 셩득이 호원이 군즁의 드러와 횡힝함을 보고

---

716) ‘유경만’에서 ‘만’자가 빠졌다.

717) 필마단기(匹馬單騎) : 혼자 한 필의 말을 탐.

718) 일일지내(一日之內) : 하루 사이.

85쪽

　딕로ᄒᆞ여 제장 군졸을 호령ᄒᆞ여,

　"일ᄌᆞ장사진[719]을 치고 호원을 에워ᄊᆞ라."

ᄒᆞ니 졔장이 영[720]을 듯고 일시의 장사진을 엄숙히 치고 호원을 에워ᄊᆞ니 순식간의 팔빅여 겹 ᄊᆞ엿ᄂᆞᆫ지라. 아모리 발산지역[721]을 가졋신들 웃지 버셔나리요. 호원이 심을 다하여 장ᄉᆞ 쳔여 명과 군ᄉᆞ 누만 명을 쥭이되 버셔날 길이 읍ᄂᆞᆫ지라. 경각간[722]의 호원이 삼만여 졉[723]의 ᄊᆞ인 호원이 스스로 싱각하되, 버셔나지 못할 쥴 알고 하날을 우러러 탄식 왈,

　"세상의 낫다가 부친의 원슈을 갑지 못ᄒᆞ고 젹진 즁의 쥭게 되니 엇지 슬푸지 안이 하리요. 오호라, ᄒᆞ날이 호원을 살여쥬압소셔. 딕명 슈빅여 ᄉᆞ직이 일죠월레[724] ᄒᆞ오니 일월셩신[725]은 살피소셔."

ᄒᆞ고 칼을 드러 ᄉᆞ면을 두루온들 참금[726]과 시셕[727]을 막고 졍신을 ᄎᆞ리드니 셩득이 졔장을 호령ᄒᆞ여,

　"호원을 ᄉᆞ로잡어 올이라."

ᄒᆞ니 모든 장ᄉᆞ들이 장창[728]을 들고 호원을 ᄌᆞ부랴 ᄒᆞ다가 잡지 못ᄒᆞ고 무슈이 쥭ᄂᆞᆫ지라. 셩득이 호령 왈,

　"자부라 ᄒᆞ지 말고 굴머 쥭게 두라."

---

719) 일자장사진(一字長蛇陣) : '一'자 모양으로 좌우로 길게 뻗쳐서 친 진.
720) 영(令) : 명령.
721) 발산지력(拔山之力) : 산을 뽑을 만한 힘.
722) 경각간(頃刻間) : 아주 짧은 시간.
723) '겹'의 오기이다.
724) 일조월래(一朝月來) : '하루 아침'과 '달이 뜬 이후 지금까지'를 이르는 말로. 짧은 사이를 이르는 말.
725) 일월성신(日月星辰) : 해와 달과 별을 통틀어 이르는 말.
726) 창검.
727) 시석(矢石) : 전쟁에 쓰던 화살과 돌.
728) 장창(長槍) : 예전에, 긴 자루에 날을 붙여 군사들이 무기로 쓰던 칼.

ᄒᆞ더라. 잇ᄯᅢ의 셩운이 천ᄌᆞ게 ᄒᆞ직하고 ᄃᆡ군을 거나리고 슈경과 학녹을 다리고 장안으로 향ᄒᆞ다가 슈경다려 왈,

"옛 말의 ᄒᆞ엿시되 군ᄉᆞ의도 ᄉᆞ정이 잇다하니 우션 우남으로 가 ᄆᆡ씨을 ᄎᆞᄌᆞ보리라."

하고 우남으로 가니 슈경의 장ᄉᆞ 니슌싱이 원슈 오신단 말을 듯

86쪽

고 셩문을 열고 마ᄌᆞ드리거날 원슈 드러가 ᄆᆡ씨을 보고 무슈이 반기드라. ᄎᆞ시의 (호원이)[729] 공손걸의 진을 파ᄒᆞ고 공손걸을 좃ᄎᆞ 갓단 말을 듯고 염여무궁하드니 이날밤의 셩즁의셔 자드니 밤이 집흔 후에 슈경이 뇌곤ᄒᆞ여 잠을 드럿드니 비몽ᄉᆞ몽간의 찬바람 이러나며 등촉 ᄭᅥ고 일원ᄃᆡ장이 칼을 집고 목의 피을 흘이며 슈경을 ᄊᆞ지져 왈,

"장군은 읏지 죽어가는 ᄉᆞ람을 살이지 안이ᄒᆞ난요?"

하거날 슈경이 살펴보니 이는 곳 호원이라. 몽즁의도 반가와셔 원문[730] 밧긔 나가 손을 잡고 문왈,

"그ᄃᆡ가 공손걸을 자밧는야, 못자밧는야?"

호원이 답왈,

"ᄇᆡᆨ마산 ᄒᆞ의 연병을 만나 죽거되엿시니 급히 와서 구하옵소셔."

ᄒᆞ고 인하여 간ᄃᆡ읍는지라. ᄭᆡ여보니 남가일몽이라. 급히 문을 열고 보니 명월은 교결[731]하고 야심 삼경이라. 경신이 황황하여 즉시 셩운과 학녹을 ᄭᆡ여 몽ᄉᆞ을 일으니 셩유과 학녹이 ᄃᆡ경 왈,

"경영이 호원이 쥭도다."

하고 창외에 나가 천긔[732]을 살펴보니 호원의 직셩[733]이 ᄯᅥ러지게 되엿

729) '호원이'가 있어야 문맥이 맞다.

730) 원문(轅門) : 군영(軍營)이나 영문(營門)을 이르는 말.

731) 교결(皎潔) : 달빛이 밝고도 맑음.

거날 셩운과 학녹이 셔로 이로딕,

"그딕는 군く을 거나리고 이곳의 잇시면 우리 두리 호원을 좃쳐가 보리라."

하고 말을 타고 나셔니 졔장 등이 엿ᄌ오딕,

"장군이 무삼 일노 심야의 어딕로 향하시는잇가?"

셩운이 왈,

"졔장[734]은 잔말 말고 셩을 단단이 직히라."

ᄒ고 셩운과 슈경이

87쪽

말을 직촉하여 빅마산으로 향하드니 상산을 당하니 이빅구십 니을 왓는지라. 날이 발거날 빅마산의 올나 살펴보니 평원 광야의 연병이 빈 틈 읍시 가득하엿지라. 셩운 슈경다려 왈,

"그딕는 셔편으로 젹치면 나는 동편으로 젹쳐드가리라."

ᄒ고 말을 달여 젹진 즁의 드러가니 호원이 창을 드러 오난 창금을 막고 셧다가 동편으로셔 뇌셩벽역[735] 갓흔 소릭나며 긔치[736]와 창금이 일시의 시러지며 졔장군졸[737]이 ᄉ면으로 황황분쥬하여 서로 발피여 죽으며 군졸 등이 현화[738]ᄒ는 소릭 천지 진동하드니 문득 일원딕장이 장창을 비겨들고 오거날 호원이 살펴보니 슈긔의 썻시되 딕명국 딕원슈 김셩운이라 하엿거날 호원이 반겨 왈,

---

732) 천기(天氣) : 하늘에 나타난 조짐.
733) 직성(直星) : 사람의 나이에 따라 그 운명을 맡고 있는 별.
734) 제장(諸將) : 여러 장수.
735) 뇌성벽력(雷聲霹靂) : 천둥소리와 벼락을 아울러 이르는 말.
736) 기치(旗幟) : 군대에서 사용하던 깃발.
737) 제장군졸(諸將軍卒) : 여러 장수들과 군사들.
738) 훤화(喧譁) : 시끄럽게 지껄이며 떠듬.

"호원을 살여쥬소셔."

하니, 셩운이 즉시 호원을 다리고 나가랴 ᄒᆞ드니 셔편으로셔 일원ᄃᆡ장이 풍우 갓치 드러오며 긔치창금[739]이 일시의 시러지며 칼빗치 번ᄀᆡ갓치 번드기거날 호원이 살펴보니 이는 슈경이라. 드욱 반겨 왈,

"읏지 그리 더듸든고?"

인하여 장슈 삼만여 겹을 허치고 나와 호원을 ᄇᆡᆨ마산의 두고 셩운과 슈경이 말을 ᄌᆡ촉하여 적진 즁의 달여드러 둥셔로 젹치니 순식간의 삼만 군졸을 몰슈이 함몰

88쪽

하고 월셩덕 장ᄃᆡ의셔 보다가 탄식 왈,

"삼ᄇᆡᆨ만 군졸을 일조의 함몰하니 무삼 면목으로 고국을 도라가리오. ᄎᆞ라리 죽기만 갓지 못하다."

ᄒᆞ고 칼을 ᄲᆡ여 ᄌᆞ결ᄒᆞ니 공손걸과 유경만이 갈 바을 몰나 안져 탄식ᄒᆞ드니, 셩운과 슈경이 장ᄃᆡ의 올나가 손걸의 머리을 버혀다가 진쎡 긧ᄒᆡ 달고 군즁의 호령ᄒᆞ니 나문 장슈와 흣터진 군ᄉᆞ을 항복밧고 죽이지 안이하고 예로 ᄃᆡ졉하니 모든 젹장이 즐겁고 황송하여 하더라. 셩운과 슈경이 쏘 유경만을 자바ᄂᆡ여 ᄉᆞᄉᆞ[740]이 논죄ᄒᆞ고 쥭여 ᄉᆞ지을 찌져셔 군즁의 회시[741]하고 머리을 말게 달고 군졸을 거나리고 드러올ᄉᆡ 호원의게 유경만의 머리을 쥬니 호원이 유경만의 머리을 칼노 싹그며 왈,

"이리하여도 원슈을 갑지 못한다."

하드라. 승젼고을 울니며 장안으로 향하니 지ᄂᆡ는 곳마다 ᄇᆡᆨ셩둘이 틱평가

739) 기치창검(旗幟槍劍) : 예전에 군대에서 쓰던 깃발, 창, 칼 따위를 통틀어 이르던 말.

740) 사사(事事) : 모든 일을 이르는 말.

741) 회시(回示) : 사람들에게 널리 보임.

을 부르더라. 그 길노 장안으로 득달하여 우남 셩즁으로 승젼 픽문[742]을 보닋니라.

잇씩의 금인국 션봉 증황달이 빅만 대병을 거나리고 즁원을 드러와 누가 승픽혼지 셰[743]을 탐지하드니 쳔즈 황후 틱자와 공쥬 삼 형제가 녹문산 즁의 피란갓단 말을 듯고 즁군

89쪽

장 밍호연으로 졍병 삼 만을 쥬며 왈,

"그딕는 급히 힝군하여 녹문산으로 가셔 황후와 틱즈 삼 형졔을 자바다가 군즁의 두고 죽이든 말고 기다리라."

호고 황달이 딕군을 모라 동관의 다다러 셩문을 에워쓰니 쳔즈 여러 츙신을 다리고 불의지환[744]을 당하여 셩문의 올나가니 셩 박 팔십 니 스장[745]의 군스가 빈 틈 읍시 싸엿거날 쳔즈 딕경 질식하여 츙신을 다리고 탄식 왈,

"슬푸다, 딕명스직이 일조의 망하게 되엿도다."

하고 앙쳔통곡하니 모든 신하들이 다 짜라 통곡하거날 예부상셔 니현옥이 복지 쥬왈,

"쳔운이 망극하사 이갓치 불의지환을 당하오니 슬푸기 그지 읍스오나 옛 말의 호엿시되 용누낙지호면 고혼삼년이라[746] 호니 폐호는 잠간 옥누[747]을 참으쇼셔. 신이 잠간 쳔긔을 삼피오니 즈미셩[748]이 말근 긔운이 씌엿스오

742) 표문(表文) : 임금에게 올리는 글.

743) 세(勢) : 세력.

744) 불의지환(不意之患) : 뜻밖에 갑자기 미치거나 당하는 재난.

745) 사장(沙場) : 모래사장.

746) 용누낙지(龍淚落地)하면 고한삼년(枯旱三年)이라 : 임금이 눈물을 흘려 땅에 떨어지면 삼 년동안 가뭄이 든다.

747) 옥루(玉淚) : 임금의 눈물.

748) 자미성(紫微星) : 북두칠성 동북쪽에 잇는 열다섯 개의 별 가운데 하나로, 중국 천자의 운명과 관련된 별.

니 셩운과 슈경과 호원과 학녹이 미구[749]에 올 듯하오니 우션 셩즁의 잇는 군ᄉ로 셩이나 굿게 직히고 보ᄉ이다."
ᄒ니 쳔ᄌ 왈,
"경의 말이 올타."
하시고 군ᄉ 거두어 셩을 직히고 기다리더라. 이ᄯᅢ의 학녹이 위남 셩즁을 직히고 잇다가 일일은 쳔긔을 살펴보니 쳔ᄌ의 ᄌ미셩이 살긔을 ᄯᅳ여거날 인하여 졔장을 명하여 왈,
"동관의 ᄃᆡ병이

90쪽

드러간 듯하니 나는 급히 좃ᄎ 가보리라."
ᄒ고,
"그ᄃᆡ 등은 셩을 잘 직히라."
말을 치질하여 쥬야로 조ᄎ가 쳔마산의 올나가 바라보니 팔십 니[750] 사장의 군병이 가득하고 동관 셩을 슈쳔 겹을 에워ᄊ고 긔치창금이 셜이 발[751] 갓흔지라. 분긔을 참지 못하고 필마단창으로 젹진 즁의 달여드러 장슈 삼쳔여 원과 군ᄉ 십만여 명을 순식간의 죽이고 동셔남북으로 번기갓치 츙돌하니 젹진 즁의 죽엄이 산 갓고 피가 흘너 시ᄂᆡ 갓드라. 쳔ᄌ 동관 셩 위에셔 젹진 형세을 살펴보고 호쳔통곡하다가 문득 동편으로셔 나는 다시 젹진 즁의 드러가드니 순식간의 피가 흘너 ᄂᆡ가 되고 젹진 형세 즘즘 주러지는 모양을 보시고 우다가 우시며 왈,
"필경 ᄂᆡ 장슈 즁의셔 ᄒ나히 이르러 왓도다. 이졔는 무슨 근심 잇스리요."

749) 미구(未久) : 멀지 아니하여.
750) 리(里).
751) 서리발.

이때 적장 증황달이 장대의서 보다가 대경 왈,

"즁국의 명장이 만흐니 경적[752]지 못하리라."

하고 즁군의 젼령하여 군사을 물여 셩남[753]의 진을 치드니, 이때 학녹이 쥬왈,

"군사은 읍사오나 흔번 적진의 드러가 적장의 머리을 버혀 페하의 근심을 들이다."

하고 말을 칙쳐 적진 즁의 드러가 군사와 적장을 무슈이 살이하니 적장 증황달이 크게 분노하

91쪽

여 왈,

"불상한 장졸만 공연이 죽여 쓸 대 업스니 이번의는 내가 나가 대적하리라."

하고 비룡 가튼 말을 타고 황금투구의 셩운갑을 입고 우슈의 육백 근 철퇴을 들고, 좌슈의 팔 척 장금을 들고 장대로 나려셔며 크게 호통왈,

"기 가튼 적장은 무죄한 군사을 해치 말고 날과 승부 결단하자."

하는 소래 쳔마산이 무너지고 진즁이 들셕하드라. 학녹이 그 소래을 듯고 정신이 아득하여 믈니[754] 도망하고자 하다가 정신을 다시 가다듬어 달여드러 싸오드니 이십여 합을 싸호되 학녹의 심[755]은 다하고 증황달의 심은 즘즘[756] 승하여 싸오다가 대소 왈,

"즁국도 한심하도다. 차라리 싸홈을 안이 싸올지언졍 느[757]와 대젼홈이

---

752) 경적(輕敵) : 적을 얕봄.
753) 성남(城南) : 성의 남쪽.
754) 멀리
755) 힘.
756) 점점.
757) 너.

닉가 졈잔타."
ᄒᆞ고 말을 돌여 장ᄃᆡ로 드러가며 군ᄉᆞ을 호령ᄒᆞ여 왈, 팔만 금ᄉᆞ진을 에워 쓰니 학녹이 칼을 드러 비오듯 ᄒᆞᄂᆞᆫ 시셕을 막고 탄식 왈,

"이졔는 속졀 읍시 죽ᄂᆞᆫ도다. 황쳔은 ᄒᆞ감ᄒᆞᄉᆞ ᄃᆡ원슈 셩운을 이곳세 오게 ᄒᆞ옵소셔."

ᄒᆞ고 젹진 즁의셔 죽기만 기다리드라.

이ᄯᆡ ᄃᆡ원슈 셩운이 위남 셩즁으로 드러와 원수게 고하되,

"이 장군이 위남 셩즁을 직히고 잇다가 소장을 불너 왈, '동관의 ᄃᆡ변[758]이

92쪽

ᄂᆞᆫ 듯ᄒᆞ오니 나가보라.' ᄒᆞ고 소장[759] 등으로 셩을 직히라 ᄒᆞ고 가드니다."

하니 원슈 ᄃᆡ경 왈,

"분명이 동관의 ᄃᆡ변이 잇도다."

하고 호원으로 장안을 직히라 ᄒᆞ고 슈경으로 ᄃᆡ군을 거나려 뒤을 좃츠라 하고 필마단창으로 동관을 득달하니 셩남 ᄉᆞ장의 빅만 ᄃᆡ병이 진을 쳣스되 긔치와 금극은 셔리발 가트여 일월을 희롱하고 금고[760]와 함셩은 벽역 소릭 가타야 천지을 진동하드라. 셩운이 분긔을 참지 못하여 드러가 쳔ᄌᆞ게 뵈옵고 젼후 ᄉᆞ긔을 무른ᄃᆡ, 모든 신하와 쳔ᄌᆞ 반기시고 왈,

"학녹이 둘너싼 군ᄉᆞ을 풀어닉고, 또 젹진 즁의 드러가드니 인하여 소식이 읍다."

하시니 셩운이 ᄃᆡ경하여 왈,

"이졔 학녹이 젹진 즁의 죽엇다."

---

758) 대변(大變) : 중대하고 큰 변고.

759) 소장(小將) : 장군을 보좌하는 장수.

760) 금고(金鼓) : 군중(軍中)에서 호령하는 데 사용하는 징과 북.

하고 급히 말을 칙쳐 젹진 즁의 드러가 팔쳔여 졉[761]을 허치고 드러가니 이씨 학녹이 긔진하여 죽기만 기다리고 잇난지라. 급히 학녹을 다리고 진 박긔 버셔나셔 급히 동관 셩으로 보닉고 셩운이 단창으로 또 젹진의 드러가 순식간의 장슈 이쳔여 원과 군ᄉ 삼만여 명을 버히니 장딕의셔 증황달이 보다가 제장다려 문왈,

"근즁[762]의 횡힝하는 장슈 뉘야 하는요?"

졔장이 가로딕,

"즁국 딕장 김셩운이 드러와 횡힝하는이다."

증황달이 가로딕,

"닉가 시험하여 보리라."

93쪽

하고 증창츌마[763]하여 진문 박긔 나셔며 위여 왈,

"젹장 셩운아, 군즁을 히치 말고 날과 승부을 결단하ᄌ."

하거날 셩운이 그 말을 듯고 딕로하여 말을 칙쳐 달여드러 싸호드니 빅여 합의 승부을 결단치 못한는지라. 증황달이 싱각하되 두리 싸호되는 쳔만 반[764] 싸와도 승부을 결단치 못할 쥴을 알고,

"그딕 창업과 용밍을 보니 만고의 영웅이라. 두리 싸와 칼노 하기가 금치 못하오니 군ᄉ로 딕젼ᄒ여 군법으로 싸와 승부을 견단하ᄌ."

하거날 셩운이 올케 여겨 말을 둘너 동관 셩즁의 드러가 쉬드니 증황달들이 장딕의 드러가 제장다려 왈,

"김셩운은 만고명장이라. 간딕로[765] 잡지 못할 거시니 병법으로 싸와보

---

761) 겹.
762) '군중(軍中)'의 오기이다.
763) 장창출마(長槍出馬) : 장창을 들고 말을 타고 전장에 나감.
764) '번'의 오기이다.

리라."

하드라. 슈경이 십만 ᄃᆡ병을 거나리고 동관의 득달하엿ᄂᆞᆫ지라. 셩운이 ᄃᆡ희하여 슈경으로 션봉을 삼어 학녹으로 즁군을 삼어 회슈 물가의 진을 치고 졉젼할 격셔[766]을 증황달의게 부치니, 증황달이 팔진도진을 숢이여 호수 동편의 진을 치고 ᄊᆞ옴을 시작할ᄉᆡ 증황달이 장ᄃᆡ의셔 변희경[767]을 외우니 위슈가 변하여 바다가 되거날 김 원슈 장ᄃᆡ의셔 ᄒᆡ갈셩산경[768]을 외우니

94쪽

바다가 변하야 산이 되ᄂᆞᆫ지라. 증황달이 보다가 왈,

"ᄇᆡᆨ가지 도슐을 부려도 안이 되리라."

하야, 위슈의 ᄇᆡ을 ᄯᅴ우고 슈젼[769]을 청하거날 김 원슈 허락하고 모슐[770]노 ᄡᅧ 잡으리라 ᄒᆞ고 밤이 깁흔 후의 갑옷슬 버셔 노코 포의갈건[771]으로 쳥여장을 집고 증황달의 진즁의 드러가니 증황달이 잠을 드럿거날 겻ᄒᆡ 안져 증황달을 ᄭᆡ우니 황달이 놀ᄂᆡ여 이러 안거날 원슈 쳔연이 읍하고 왈,

"놀ᄂᆡ지 말나. 나는 금인국 ᄇᆡᆨ학산 신령일너니 긔세을 쳔ᄌᆞ가 차지 못하야 ᄇᆡᆨ셩이 도탄의 드럿시니 하날이 도으ᄉᆞ 장군으로 쳔ᄒᆞ을 평졍하게 하거날 즁국 ᄃᆡ원슈 김셩운은 쳔ᄒᆞ 명장이라 간ᄃᆡ로 잡지 못하리라."

ᄒᆞ고,

"ᄂᆡ일 아참의 셔풍이 이러날 듯하오니 ᄇᆡ을 ᄒᆡ틔[772] 잡어 ᄆᆡ소셔."

---

765) 갸대루 : 그리 쉽사리.
766) 격서(檄書) : 적군을 달래거나 꾸짖기 위한 글.
767) '변해경(變海經)'의 오기.
768) 해갈성산경(海竭成山經) : 바다가 다하여 산을 이루게 되는 주문.
769) 수전(水戰) : 물 위에서 하는 전투.
770) 모술(謀術) : 술책이나 계략.
771) 포의갈건(布衣葛巾) : 베로 지은 옷과 갈포로 만든 두건.
772) '한데'.

ᄒᆞ고 몸을 날여 공즁을 소셔나오니 증황달이 ᄃᆡ희ᄒᆞ야 왈,
"귀신이 나을 도으니 무삼 근심 잇시리오."
하고 ᄇᆡ을 낫낫치 ᄒᆡ틔 잡어 ᄆᆡ니라. 김 원슈 본진의 도라와 졔장과 의논 왈,
"젹병이 ᄇᆡ을 한틔 밀거시니 졔장 등은 젹진 ᄉᆞ면 가셔 불을 지르라."
하고 학녹다려 왈,
"정병 오쳔식 거나리고 젼진좌우의 ᄆᆡ복하엿다가 불이 이러나는 것셜 보고 고함하야 군ᄉᆞ을 노와 치라."

95쪽

하고 기다리드니, 날이 ᄉᆡ는지라. 그졔야 원슈 장ᄃᆡ의 올나 질풍경[773)]을 외우니 홀연 셔풍이 이러나셔 쳔지 자욱한지라. 증황달이 바람 이러남을 보고 길거 왈,
"오날밤의 귀신의 말이 올타."
하고 깃거하드니 쳔만의외에 ᄉᆞ면의 불이 이러나셔 ᄇᆡ가 모다 타는지라. ᄇᆡ을 한틔 잡어 ᄆᆡ엿시니 하나도 도망할 슈 읍는지라. 모진 바람이 급히 부니 불을 잡을 길이 읍는지라. ᄉᆞ면의셔 슈경과 학녹이 군ᄉᆞ을 급히 모라 젹치니 쳔지진동하며 바람 소ᄅᆡ ᄃᆡ작하거날 젹진 장졸이 불의에 환을 당하고 각각 도망하다가 물의 ᄲᆡ져 죽는 지 불가승수[774)]라. 증황달이 누빅만 군ᄉᆞ을 ᄑᆡ하고 탄식 도망하여 녹님산으로 가니라. 원슈 군ᄉᆞ을 호궤[775)]하고 승젼고을 울니며 동관 셩즁 드러가니 쳔ᄌᆞ 원슈의 손을 잡고 못ᄂᆡ 층찬하며 군신이 복지하여 만세을 부르드라. 녹님산으로 급히 오니 황후와 ᄐᆡ자와 공쥬 삼형졔 녹님산의 ᄑᆡ란하다 불의에 ᄆᆡᆼ호연이 군ᄉᆞ을 녹님산에 에워

773) 질풍경(疾風經) : 몹시 빠르고 거세게 부는 바람을 일으키는 주문.
774) 불가승수(不可勝數) : 너무 많아서 셀 수가 없음.
775) 호궤(犒饋) : 군사들에게 음식을 주어 위로함.

쓰고 황후와 틱즈와 공쥬을 자바다가 피란하다 군즁의 두고 기다리드니 증황달이 듸군을 픽하고 녹님산의 드러가니 밍호연이 과연 황후와

96쪽

틱자와 공쥬을 자바다가 군즁의 두엇난지라. 증황달이 듸희ᄒᆞ야 동편관의 드러가니 군ᄉᆞ 웅거하고 셩즁의 지옥[776]을 파고 황후, 틱자, 공쥬을 지옥의 가두고 장안으로 격셔을 보닉되,

'황후, 틱자, 공쥬을 자바다가 지옥의 가두엇시니 쳔ᄌᆞ 만일 항복지 안이하면 쥭이라.'

하엿거날 쳔ᄌᆞ 크게 근심하ᄉᆞ 왈,

"이 일을 웃지 할고?"

하시니 셩운이 엿ᄌᆞ오되,

"근심치 말으쇼셔. 신이 군ᄉᆞ을 거나리고 가셔 보오리라."

하고 정병 삼십 만을 거나리고 슈경, 호원, 학녹을 다리고 동편관으로 드러가 셩 밧게 진을 치고 슈삼 일을 유하되 증황달이 죵시 나지 안이하고 셩문을 구지 닷고 잇는지라. 셩운이 슈경다려 일너 왈,

"괴술[777]노 접젼[778]하리라. 만일 젹장이 문을 열고 나오면 닉 맛당이 군ᄉᆞ을 거나리고 달어날 거시니 그딕 등은 급히 셩을 넘어가셔 황후, 틱자, 공쥬을 모시고 급히 나오라."

하고 그날 평명[779]의 군ᄉᆞ 육 인이 여복[780]으로 입히여 진문 박긔 셰우고 군ᄉᆞ로 좌우의 옹위하고 셩 위에 올나셔셔 위여 왈,

---

776) 지옥(地獄) : 땅을 파고 땅 속에 만든 감옥.
777) 괴술(怪術) : 괴상한 술책.
778) 접전(接戰) : 전쟁에서 맞붙어 싸움.
779) 평명(平明) : 해가 뜨는 시각. 또는 해가 돋아 밝아질 때.
780) 여복(女服) : 여자들이 입는 옷.

"젹장 황달 닉의 직죠을 아는다, 모르는다. 오날밤의 너의 진즁의 드러가 황후, 틱자, 공쥬을 뫼셔다가 진문 밧긔 셰웟시니 셩문을 열

97쪽

고 보라. 셩즁만 직혀 쓸디업스니 급히 나와 승부을 결단하즈."
ᄒᆞ니 증황달이 그 말을 듯고 탄식왈,
"셩운의 직조가 과연 귀신 갓도다."
하고 셩문 열고 졉젼하거날, 셩운이 군ᄉᆞ을 호령하여 한참 싸오다가 도망하니 증황달이 의긔승승[781]하여 좃쳐오며 왈,
"졉젼하면 김셩운을 임의 버혀슬걸 진작 졉젼치 못한 게 ᄒᆞᆫ이로다."
ᄒᆞ고 조ᄎᆞ 오는지라. 슈경과 학녹이 급히 군ᄉᆞ 다리[782] 급히 셩을 넘어 황후, 틱ᄌᆞ, 공쥬을 모시고 장안으로 보닉고 군ᄉᆞ을 총독하여 증황달 뒤을 좃츠니 원슈 군ᄉᆞ을 모와 졉젼하니 증황달의 젼후로 군ᄉᆞ가 에워스니 증황달이 진퇴유곡[783]이라. 아모리 쳔ᄒᆞ 명장인들 읏지 버셔나리오. 그 즁의 슈경과 호원이 장창디금[784]으로 젹진의 드러가 좌우로 츙돌하니 스스로 버셔나지 못할 쥴 알고 칼노 ᄊᆡ여 ᄌᆞ결하니 밍호연이 나문 군ᄉᆞ을 거두어 항복하는지라. 원수 장디하의 꿀니고 수죄[785]ᄒᆞᆫ 후의 디군을 거나리고 승젼고와 틱평가로 장안의 도라가니 쳔ᄌᆞ 셩문 박긔 나와 원슈을 마자 못닉 층찬하시드라. 인하여 창고을 여러 군ᄉᆞ을 호궤ᄒᆞ고 ᄒᆞ령하되 '각각 고향으로 도라가라,'

---

781) 의기승승(意氣乘勝) : 장한 마음이 오로는 형세를 탐.
782) '다리고'에서 '고'자가 빠졌다.
783) 진퇴유곡(進退維谷) : 이러지도 저러지도 못하고 꼼짝할 수 없는 궁지.
784) 장창대검(長槍大劍) : 장창과 긴 칼.
785) 수죄(受罪) : 죄를 받음.

98쪽

하시니 군ᄉ 희희낙락하야 틱평가로 고향의 도라가드라. ᄎ시의 모든 장슈와 졔신을 ᄎᄎ로 공을 가리여 상급[786]을 만이 쥬시며 김셩운으로 초왕을 봉하시고, 슈경으로 졔왕을 봉하시고, 호원으로 죠왕을 봉하시고, 학녹으로 위왕을 봉하시고, (성운으로 사위를)[787] ᄉ무려 ᄒ시니 셩운이 엿ᄌ오되,

"신이 강남으로 가올 ᄯᅵ의 호원의 ᄆᆡ씨와 혼인을 ᄆᆡ졋ᄉ오나 지금 존망[788]을 몰라 근심이로소이다."

쳔ᄌ 왈,

"그ᄃᆡ의 공덕와 도량이 족히 두 안ᄒᆡ을 거늘릴 듯하니 급히 가셔 ᄎᄌ 혼례을 이루고 오라."

하시니, 셩운이 셩덕축ᄉ[789]하고 슈경과 호원을 다리고 위남 셩즁 드러가 ᄆᆡ씨을 ᄎ져보고 위의을 ᄎ려 여산 빅낙암을 ᄎ져가니라.

이ᄯᅵ 호원의 모친이 호원과 슈경을 이별하고 ᄯᅡᆯ 형졔와 남 소졔을 다리고 소식을 듯지 못하야 쥬야로 근심이 되어 ᄯᅡᆯ 형졔을 다리고 산양[790] 외[791]을 믈니[792] 바라보고 비회을 참지 못하드니 문득 동구을 바라보니 천병만마[793]가 쓸어오며 창금이 일월을 희롱하거날 즉시 탄식 왈,

"이졔는 속졀 읍시 져 도젹의 죽엇다."

하고 잇드니 이윽하야 모든 즁들이 박긔 나갓다 드러오며 즁 부인을 불

786) 상급(賞給) : 상으로 줌. 또는 그런 돈이나 물건.
787) 문맥 상 있어야만 자연스럽다.
788) 존망(存亡) : 생존과 사망.
789) 성덕축사(聖德祝辭) : 임금의 덕을 축하하는 말.
790) 산양(山陽) : 산의 남쪽 편.
791) 외(外) : 바깥.
792) 멀리.
793) 천병만마(千兵萬馬) : 아주 많은 수의 군사와 군마.

99쪽

너 왈,

"남 도독틱 아들과 김 상셔틱 아들과 윤 승지틱 아들이 쳔ᄒᆞ을 평정[794]하고 오시난이다."

하거날 증 부인이 말을 듯고 일회일비[795]하시드라. 증 씨와 소져 차ᄌᆞ 보오며 셔로 반기는 양은 이로 긔록지 못할느라. 인하여 금은포빅[796]을 만이 닉여 모든 즁을 쥬고 증 씨와 소져을 다리고 장안으로 올나와 쳔ᄌᆞ게 봉명하고 물너 나와 간간이 집을 크게 짓고 혼례을 이룰식 셩운이 슈경을 다리고 위남 셩즁의 가셔 김 소져와 셔로 혼례을 이르고 원앙지낙[797]으로 그리든 정회을 풀드라. 인하여 김 소져을 다리고 장안으로 드러와셔 슈경이 호원의 집의 가 혼례을 이루고 슈경이 쳔ᄌᆞ게 주달하되,

"신이 초취[798]을 김셩운의 믹씨게 셩혼하고, 쏘 윤호원의 둘지 믹부 되엿ᄉᆞ오니 젼후취 분간을 하여 주압소셔."

쳔ᄌᆞ 왈,

"젼후취 말을 말고 좌우부인으로 분간을 하라."

하시드라. 졔왕 슈경이 위왕 학녹다려 왈,

"닉 일즉 믹씨 잇드니 이씩가지 증혼한딕 읍스니 위왕은 드럽다 말고 닉의 믹부되쇼셔."

위왕이 오릭 식양하다가 마지 못하여 허락하고 즉시 튁일셩혼[799]한이라. 쳔ᄌᆞ 졔신[800]을 모

---

794) 평정(平定) : 반란이나 소요를 누르고 평온하게 진정함.
795) 일희일비(一喜一悲) : 한편으로는 기쁘고 한편으로는 슬픔.
796) 금은포백(金銀布帛) : 금, 은, 베, 비단을 이르는 말.
797) 원앙지낙(鴛鴦之樂) : 부부 사이의 즐거움을 원앙에 비유하여 이르는 말.
798) 초취(初娶) : 첫 번째 장가가서 맞은 아내.
799) 택일성혼(擇日成婚) : 날을 가리어 혼인을 함.
800) 제신(諸臣) : 여러 신하.

100쪽

와 의논왈,

"과인이 쌀 삼형졔 잇스니 초왕 김셩운으로 맛사회[801]을 삼고즈 하노라."

졔신이 되왈,

"초왕은 조왕의 미씨로 더부러 셩혼하엿ㅅ오니 다시 부마[802]되기 불가하여이다."

흔디 쳔즈 노왈,

"경[803] 등이 공쥬을 부족다고 하난 말인야?"

하신디 초왕과 죠왕과 졔왕과 위왕이 다 영을 듯고 예간의 틱일하여 위의를 가초와 셩예한니라.

그러구러 세월이 여류하여 초왕 김셩운은 오즈삼녀을 두고, 졔왕 남슈경은 ㅅ즈오녀을 두고, 조왕 윤호원은 삼즈육녀을 두고, 위왕 니학녹은 육즈구녀을 두고 다 각기 공경틱후[804]의 집으로 남혼여가하여 부귀영화가 쳔흐의 읏듬이요, 가도[805]가 다 각각 화순하여 수복[806]을 누리니 쵸왕은 빅여세 상슈[807]하고, 졔왕은 구십 상슈하고, 죠왕과 위왕은 팔쳔[808] 세 상슈하고 다 각각 맛나들[809]노 세즈 칙봉하여 츳츳 위을 젼하고 빅즈쳔세[810]로 세상 그릴 거시 업시 되엿시니 옛ㅅ람이 다 마음이 어진 고로 쳔상의 신션도 도와쥬고 명산의 신령이 도으시니 읏지 그러흔 영화부귀가 읍스리요.

---

801) 맏사위.
802) 부마(駙馬) : 왕의 사위.
803) 경(卿) : 임금이 이품 이상의 신하를 가리키던 말.
804) '공경대부(公卿大夫)'의 오기이다. 공경대부 : 삼경과 구공, 대부를 이르는 말.
805) 가도(家道) : 집안에서 마땅히 지켜야 할 도덕적 규범.
806) 수복(壽福) : 오래 살고 복을 누리는 일.
807) 상수(上壽) : 나이가 보통 사람보다 많음. 또는 그 나이.
808) '팔십'이라고 해야 맞다.
809) '맛아들(맏아들)'의 오기.
810) '백자천손(百子千孫)'의 오기이다. 백자천손 : 헤아릴 수 없이 많은 자손.

ᄃᆡ져 ᄉᆞ람이 착ᄒᆞᆫ 마암을 가졋시면 누가 안이 그러ᄒᆞᆫ 부귀가 읍

101쪽

스리요. 지금 ᄉᆞ람들도 이러한 ᄉᆞ젹[811]을 숙독[812]하여 본바드면 그와가치 부귀영화을 누릴 거시니 범연이 듯지 말고 명심하라.

811) 사적(事績) : 일의 실적이나 공적.

812) 숙독(熟讀) : 글의 뜻을 잘 생각하면서 차분하게 하나하나 읽음.

박인희

국민대학교에서 고전시가를 전공하였다.
"삼국유사 소재 향가 연구"로 박사학위를 취득하였으며, 공주대, 명지대, 숭의여대 등에서 강의하였다. 현재 안양대학교 교양학부 전임강사로 있으며, 삼국유사 소재 향가와 이야기의 관련 양상에 대해 연구하고 있다.

김셩운젼

초판 인쇄 2010년 2월 10일
초판 발행 2010년 2월 22일

주 해 박인희
펴낸이 박찬익
편집책임 이영희
책임편집 이기남

펴낸곳 도서출판 박이정
주 소 서울시 동대문구 용두동 129-162
전 화 02)922-1192~3
전 송 02)928-4683
홈페이지 www.pjbook.com
이메일 pijbook@naver.com
온라인 국민 729-21-0137-159
등 록 1991년 3월 12일 제1-1182호

ISBN 978-89-6292-091-8 (세트)
978-89-6292-092-5 (94810)

* 책값은 뒤표지에 있습니다.